Federico García Lorca
Das Publikum
Komödie ohne Titel

Zwei Stücke
aus dem Nachlaß

Deutsch von
Rudolf Wittkopf
Mit einem Nachwort von
Martin von Koppenfels

Suhrkamp

Originaltitel: *El público; Comedia sin título*
Umschlagfoto:
Fundación Federico García Lorca

suhrkamp taschenbuch 1207
Erweiterte Ausgabe 1998

Satz: Hümmer GmbH, Waldbüttelbrunn
Druck: Nomos Verlagsgesellschaft, Baden-Baden
Printed in Germany
Umschlag nach Entwürfen von
Willy Fleckhaus und Rolf Staudt

2 3 4 5 6 – 03 02 01 00 99 98

suhrkamp taschenbuch 1207

Federico García Lorca ist am 5. Juni 1898 in Fuente Vaqueros geboren und im August 1936 bei Granada von Falangisten ermordet worden.

Der spanische Dichter war Sohn einer Lehrerin und eines liberalen Großgrundbesitzers. Er studierte intensiv und lange Musik bei Antonio Segura und Manuel de Falla. Später studierte er Jura, Philosophie und Literatur in Granada, Madrid und an der Columbia-Universität in New York. Seit 1919 lebte er in Madrid. Lorca hatte Kontakt zu vielen zeitgenössischen Künstlern, u. a. zu Jorge Guillén, Salvador Dalí, Dámaso Alonso, Luis Cernuda, Pedro Salinas. Nach einer Europareise war García Lorca 1929/30 in den USA, 1933/34 in Argentinien.

»Man muß das Theater zerstören oder im Theater leben!« läßt Lorca den Theaterdirektor in seinem Stück »Das Publikum« ausrufen. Im Theater leben, das heißt für Lorca die Wirklichkeit ins Theater bringen, eben die Wahrheiten auszusprechen, die ein auf Unverbindlichkeit und Amüsement abonniertes Publikum nicht zu sehen wünscht.

Wie Lorca sein Thema – Wirklichkeit und Realität im Theater – in Szene setzt, das ist einzigartig. Pathos und Farce halten sich leicht und listig in Balance; sprunghaft, wild, geistreich und melancholisch wird auf der Bühne agiert und gesprochen. Lorca, der Freund von Buñuel und Dalí, hat mit seinen Stücken einen obszönen, blasphemischen Alptraum entworfen, ein surrealistisches Vexierbild, in dem Visionen von der Vermählung von Kunst und Natur entstehen, eine befreite Erotik jenseits der Geschlechterrollen thematisiert wird. »Ich protestiere! Ich protestiere! Ich protestiere!« So sollte, sagt Lorca 1935, jeder Erwachsene an jedem Morgen aufschreien, »angesichts einer Welt voller Ungerechtigkeit und Elend«. Diese beiden Stücke aus dem Nachlaß wollen nichts anderes.

Inhalt

Das Publikum

Drama in Bildern

Personen
(in der Reihenfolge ihres Erscheinens)

Diener · Direktor · Pferd 1 · Pferd 2 · Pferd 3 · Pferd 4 · Mann 1 · Mann 3 · Mann 2 · Helena · Gestalt in Schellen · Gestalt in Weinlaub · Stimme · Kind · Zenturio · Kaiser · Julia · Die drei Schimmel · Schimmel 1 · Rappe · Das Harlekinkostüm · Schleiergewand · Stimme draußen · Nackter · Krankenpfleger · Student 1 · Student 2 · Student 3 · Student 4 · Dame 1 · Dame 2 · Dame 3 · Dame 4 · Junge 1 · Student 5 · Die Schächer · Inspizient · Der Hirt · Zauberkünstler · Frau

Erstes Bild

Zimmer des Schauspieldirektors. Der Direktor sitzt. Er trägt einen Cut. Blaue Dekoration. An der Wand der Abdruck einer großen Hand. Die Fenster sind Röntgenbilder.

DIENER Herr Direktor.

DIREKTOR Was?

DIENER Das Publikum ist da.

DIREKTOR Es soll hereinkommen.

Vier Schimmel treten ein.

DIREKTOR Sie wünschen?

Die Pferde blasen auf ihren Trompeten.

Das ginge ja, wenn ich nur Talent zum Seufzen hätte. Mein Theater wird immer im Freien spielen! Aber ich habe mein ganzes Vermögen verloren, sonst würde ich die frische Luft vergiften. Eine kleine Injektionsspritze, die den Schorf von der Wunde entfernt, genügt mir. Raus hier! Raus aus meinem Haus, Pferde! *Beiseite.* Jetzt hat man schon das Bett erfunden, um mit Pferden zu schlafen. *Weinend.* Meine Pferdchen.

DIE PFERDE Für dreihundert Peseten, für zweihundert Peseten, für einen Teller Suppe, für ein leeres Parfümfläschchen, für deinen Speichel, für einen Schnippel deiner Fingernägel.

DIREKTOR Raus! Raus! Raus! *Drückt auf eine Klingel.*

DIE PFERDE Für nichts! Früher rochen deine Füße, wir waren drei Jahre alt. Wir warteten auf dem Klosett, wir warteten hinter den Türen, und dann überschwemmten wir dein Bett mit Tränen.

Der Diener tritt ein.

DIREKTOR Gib mir 'ne Peitsche!

DIE PFERDE Und deine Schuhe waren in Schweiß gesotten,

aber es war uns klar, daß der Mond zu den faulen Äpfeln im Gras die gleiche Beziehung hatte.

DIREKTOR *zum Diener:* Mach die Tür auf! Mach auf!

DIE PFERDE Nein, nein, nein. Abscheulich! Du bist ganz behaart und ißt den Kalk von den Wänden, der dir nicht gehört.

DIENER Ich mache nicht auf. Ich will nicht ins Theater.

Die Pferde holen lange goldene Trompeten hervor und tanzen schwerfällig zu ihrem Lied.

PFERD 1 Abscheulich!

PFERD 2, 3 UND 4 Scheuablich.

PFERD 1 Abscheulich!

PFERDE 2, 3 UND 4 Scheuablich.

DIREKTOR *zum Diener:* Mach auf!

Der Diener öffnet die Tür.

Freilichttheater! Raus! Nun geht schon! Freilichttheater! Raus hier!

Die Pferde trotten hinaus.

Zum Diener. Mach weiter.

Der Direktor setzt sich hinter den Tisch. Der Diener geht hinaus, kommt aber sofort wieder.

DIENER Herr Direktor.

DIREKTOR Was?

DIENER Das Publikum.

DIREKTOR Es soll hereinkommen.

Der Direktor vertauscht seine blonde Perücke mit einer braunen. Es treten drei Männer ein. Sie haben schwarze Bärte und tragen alle den gleichen Frack.

MANN 1 Der Herr Direktor des Freilichttheaters?

DIREKTOR Zu Diensten.

MANN 1 Wir sind gekommen, um Ihnen zu Ihrem letzten Werk zu gratulieren.

DIREKTOR Danke.

MANN 3 Höchst originell.

MANN 1 Und was für ein schöner Titel! »Romeo und Julia«.

DIREKTOR Ein Mann und eine Frau, die sich ineinander verlieben.

MANN 1 Romeo kann ein Vogel sein und Julia ein Stein. Romeo kann ein Salzkorn sein und Julia eine Landkarte.

DIREKTOR Aber sie werden nie aufhören, Romeo und Julia zu sein.

MANN 1 Und verliebt. Glauben Sie, daß sie verliebt waren?

DIREKTOR Mann ... Ich steck da nicht drin ...

MANN 1 Schon gut! Schon gut! Sie verraten sich selbst.

MANN 2 *zu Mann 1:* Sei vorsichtig. Du bist schuld. Warum klopfst du an einem Theater an? Du kannst an einem Wald anklopfen, vielleicht wird der deinen Ohren das Rauschen seines Saftes öffnen. Aber an einem Theater!

MANN 1 An den Theatern muß man anklopfen; an den Theatern, damit ...

MANN 3 Damit man die Wahrheit über die Gräber erfährt.

MANN 2 Gräber mit Gaslicht, Reklame und langen Sitzreihen.

DIREKTOR *bebend:* Meine Herren ...

MANN 1 Ja. Ja. Direktor des Freilichttheaters, Autor von »Romeo und Julia«.

MANN 2 Wie hat Romeo uriniert, Herr Direktor? Ist es nicht schön, Romeo urinieren zu sehen? Wie oft hat er so getan, als wolle er sich vom Turm stürzen, um in der Komödie seines Leidens erfaßt zu werden? Was geschah, Herr Direktor ..., wenn nichts geschah? Und das Grab? Warum sind Sie am Ende nicht die Stufen zur Gruft hinabgestiegen? Sie hätten einen Engel sehen können, der Romeos Geschlecht mitnahm, während er das andere, das seine, das ihm gehörte, zurückließ. Und wenn ich Ihnen sage, daß die Hauptperson von allem eine giftige Blume war, was würden Sie dann denken? Antworten Sie!

DIREKTOR Meine Herren, nicht das ist das Problem.

MANN 1 *ihn unterbrechend:* Es gibt kein anderes. Wir werden das Theater wegen der Feigheit aller begraben müssen. Und ich werde mich erschießen müssen.

MANN 2 Gonzalo!

MANN 1 *langsam:* Ich werde mich erschießen müssen, um das wahre Theater zu eröffnen, das Theater unter dem Sand.

DIREKTOR Gonzalo ...

MANN 1 Wie bitte? *Pause.*

DIREKTOR *reagierend:* Aber ich kann nicht. Alles würde zusammenbrechen. Das hieße meine Kinder blind zurücklassen, und dann ... was mache ich mit dem Publikum? Was mache ich mit dem Publikum, wenn ich der Brücke das Geländer nehme? Die Maske würde mich verschlingen. Einmal habe ich einen Menschen gesehen, der von der Maske verschlungen wurde. Die kräftigsten Burschen der Stadt stopften ihm mit blutigen Spießen große Kugeln aus zerknüllten Zeitungen in den Hintern, und in Amerika gab es einmal einen Jungen, den die Maske an seinen eigenen Eingeweiden aufgehängt hat.

MANN 1 Großartig!

MANN 2 Warum haben Sie das nicht auf der Bühne gesagt?

MANN 3 Das ist der Beginn einer Handlung.

DIREKTOR Auf jeden Fall ein Ende.

MANN 3 Ein von der Angst herbeigeführtes Ende.

DIREKTOR Natürlich, mein Herr. Sie halten mich wohl

nicht für fähig, die Maske auf die Bühne zu bringen.

MANN 1 Warum denn nicht?

DIREKTOR Und die Moral? Und der Magen der Zuschauer?

MANN 1 Es gibt Leute, die sich übergeben, wenn man das Innere eines Tintenfischs nach außen stülpt, und andere, die ganz bleich werden, wenn sie, mit einer gewissen Hinterhältigkeit ausgesprochen, das Wort Krebs hören; aber wie Sie wissen, gibt es dagegen Blech und Gips und herrlichen Glimmer, und notfalls auch Pappe, ein Ausdrucksmittel, das für jedermann erschwinglich ist. *Steht auf.* Aber Sie, Sie wollen uns betrügen. Uns betrügen, damit alles beim alten bleibt und es uns unmöglich ist, den Toten zu helfen. Sie sind schuld, daß die Fliegen in die viertausend Orangeaden gefallen sind, die ich bereitgestellt hatte. Und ich muß von neuem beginnen, die Wurzeln zu roden.

DIREKTOR *sich erhebend:* Ich streite mich nicht, mein Herr. Aber was wollen Sie eigentlich von mir? Haben Sie ein neues Stück mitgebracht?

MANN 1 Können Sie sich ein neueres Stück vorstellen als uns mit unseren Bärten ... und Sie?

DIREKTOR Und ich ...?

MANN 1 Ja ... Sie.

MANN 2 Gonzalo!

MANN 1 *an Mann 2 gerichtet, aber den Direktor ansehend:* Ich erkenne ihn wieder, sehe ihn noch vor mir, wie er an jenem Morgen einen Hasen, ein Wunder an Schnelligkeit, in eine kleine Aktentasche stopfte. Und ein andermal, als er sich zwei Rosen in die Ohren steckte, an dem Tag, als er die Frisur mit Mittelscheitel entdeckte. *Zum Direktor.* Und du, erkennst du mich wieder?

DIREKTOR Aber ich bitt' Sie! Das ist nicht die Handlung. *Laut.* Helena! Helena! *Läuft zur Tür.*

MANN 1 Aber ich werde dich auf die Bühne bringen, ob du willst oder nicht. Du hast mich zu sehr leiden lassen. Schnell! Die spanische Wand! Die spanische Wand!

Mann 3 holt eine spanische Wand und stellt sie mitten auf die Bühne.

DIREKTOR *weinend:* Das Publikum wird mich sehen. Mein Theater wird ruiniert ... Da habe ich die besten Stücke der Saison gebracht, und jetzt ...

Die Trompeten der Pferde erschallen. Mann 1 geht nach hinten und öffnet die Tür.

MANN 1 Kommt herein, zu uns. In diesem Stück ist Platz für euch. Für alle. *Zum Direktor.* Und du, geh hinter die spanische Wand.

Mann 2 und 3 schubsen den Direktor. Er verschwindet hinter der spanischen Wand, und an deren anderem Ende kommt ein Junge hervor, ganz in weißem Satin mit einer weißen Halskrause. – Es sollte eine Schauspielerin sein. – Er hält eine kleine schwarze Gitarre.

Enrique! Enrique! *Er bedeckt mit den Händen sein Gesicht.*

MANN 2 Schick mich nicht auch hinter die spanische Wand. Laß mich in Ruhe, Gonzalo.

DIREKTOR *kühl und die Saiten zupfend:* Gonzalo, ich muß dich fortwährend anspucken. Ich möchte dich anspucken und mit einer kleinen Schere deinen Frack zerschnippeln. Gib mir Nadel und Seide. Ich möchte sticken. Ich mag keine Tätowierungen, aber ich möchte dich mit Seide besticken.

MANN 3 *zu den Pferden:* Nehmt Platz, wo ihr wollt.

MANN 1 *weinend:* Enrique! Enrique!

DIREKTOR Ich werde dir das Fleisch besticken, und ich

würde dich gern auf dem Dach schlafen sehen. Wieviel Geld hast du in der Tasche? Verbrenn es!

Mann 1 zündet ein Streichholz an und verbrennt die Scheine.

Nie kann ich richtig sehen, wie die Bildchen sich in der Flamme verflüchtigen. Hast du nicht noch mehr Geld? Wie arm du bist, Gonzalo! Und mein Lippenstift? Hast du kein Karminrot? Wie ärgerlich.

MANN 2 *schüchtern:* Ich hab. *Er zieht den Lippenstift unter dem Bart hervor und gibt ihn ihm.*

DIREKTOR Danke. Aber . . . du bist auch hier? Hinter die spanische Wand! Auch du hinter die Wand. Und du kannst das noch aushalten, Gonzalo?

Der Direktor stößt Mann 2 kurzerhand hinter die spanische Wand, und am anderen Ende erscheint eine Frau in schwarzer Pyjamahose und einem Kranz aus Klatschmohn auf dem Kopf. In der Hand hat sie, einer Lorgnette gleich, einen Stiel mit einem blonden Schnurrbart, den sie sich gelegentlich unter die Nase hält.

MANN 2 *trocken:* Gib mir den Lippenstift.

DIREKTOR Hahaha! O Maximiliane, Kaiserin von Bayern! O böses Weib!

MANN 2 *hält sich den Schnurrbart an die Oberlippe:* Ich würde dir raten, ein wenig zu schweigen.

DIREKTOR Helena! Helena!

MANN 1 *laut:* Ruf nicht nach Helena.

DIREKTOR Und warum nicht? Sie hat mich sehr geliebt, als mein Theater im Freien spielte. Helena!

Auftritt Helenas von links. Sie ist als Griechin gekleidet. Hat blaue Augenbrauen, weißes Haar und Füße aus Gips. Das Kleid, vorne geschlitzt, läßt ihre Schenkel in enganliegendem rosa Trikot sehen. Mann 2 hält sich den Schnurrbart an die Oberlippe.

HELENA Schon wieder das gleiche?

DIREKTOR Schon wieder.

MANN 3 Warum bist du aufgetreten, Helena? Warum bist du aufgetreten, wenn du mich nicht lieben wirst?

HELENA Wer hat dir das gesagt? Aber warum liebst du mich so sehr? Ich würde dir die Füße küssen, straftest du mich und gingest mit anderen Frauen. Aber du vergötterst allein mich. Zu sehr. Ich werde mit dir Schluß machen müssen, ein für allemal.

DIREKTOR *zu Mann 3:* Und ich? Erinnerst du dich nicht an mich? Erinnerst du dich nicht an meine ausgerissenen Fingernägel? Wie soll ich mit den anderen Frauen geschlafen haben und nicht mit dir? Warum habe ich dich gerufen, Helena? Warum habe ich dich gerufen, meine Qual?

HELENA *zu Mann 3:* Geh mit ihm! Und beichte mir endlich die Wahrheit, die du mir verheimlichst. Es ist mir gleichgültig, daß du betrunken warst und dich rechtfertigen willst, aber du hast ihn geküßt und hast mit ihm im selben Bett geschlafen.

MANN 3 Helena! *Tritt rasch hinter die spanische Wand und erscheint ohne Bart mit kreidebleichem Gesicht und einer Peitsche in der Hand. Er trägt Armriemen mit goldenen Ziernägeln. Den Direktor peitschend.* Du redest dauernd, du lügst dauernd, ich muß dich fertigmachen, ohne das geringste Erbarmen.

DIE PFERDE Erbarmen! Erbarmen!

HELENA Du könntest ihn ein ganzes Jahrhundert lang schlagen, und ich würde doch nicht an dich glauben.

Mann 3 geht auf Helena zu und preßt ihre Handgelenke.

Du könntest mir ein ganzes Jahrhundert die Finger zusammenpressen, und es würde dir nicht gelingen, mir auch nur einen Seufzer zu entlocken.

MANN 3 Wir werden ja sehen, wer stärker ist.

HELENA Ich, immer ich.

Der Diener erscheint.

Zum Diener. Bring mich schnell von hier weg! Bring mich weg!

Der Diener tritt hinter die spanische Wand und kommt unverändert wieder hervor.

Bring mich weg! Weit fort von hier!

Der Diener nimmt sie auf die Arme.

DIREKTOR Wir können anfangen.

MANN 1 Wann immer du willst.

DIE PFERDE Erbarmen! Erbarmen! *Die Pferde blasen ihre langen Trompeten.*

Die Personen verharren starr in ihrer Haltung.
Langsam senkt sich der Vorhang.

Zweites Bild

Römische Ruine

Eine Gestalt, die ganz mit rotem Weinlaub bedeckt ist, sitzt auf einem Kapitell und spielt Flöte. Eine andere, mit goldenen Schellen behangen, tanzt in der Mitte der Bühne.

GESTALT IN SCHELLEN Wenn ich mich in eine Wolke verwandelte?

GESTALT IN WEINLAUB Würde ich mich in ein Auge verwandeln.

GESTALT IN SCHELLEN Wenn ich mich in Kacke verwandelte?

GESTALT IN WEINLAUB Würde ich mich in eine Fliege verwandeln.

GESTALT IN SCHELLEN Wenn ich mich in einen Apfel verwandelte?

GESTALT IN WEINLAUB Würde ich mich in einen Kuß verwandeln.

GESTALT IN SCHELLEN Wenn ich mich in einen Busen verwandelte?

GESTALT IN WEINLAUB Würde ich mich in ein weißes Bettlaken verwandeln.

STIMME *sarkastisch:* Bravo!

GESTALT IN SCHELLEN Und wenn ich mich in einen Mondfisch verwandelte?

GESTALT IN WEINLAUB Würde ich mich in ein Messer verwandeln.

GESTALT IN SCHELLEN *hört auf zu tanzen:* Aber warum? Warum quälst du mich? Wenn du mich liebst, warum kommst du nicht mit mir, wohin ich dich führe? Wenn ich mich in einen Mondfisch verwandelte, würdest du dich in eine Woge verwandeln oder in eine Alge oder, wenn du etwas sein willst, das weit entfernt ist, weil du mich nicht küssen möchtest, würdest du dich in einen Vollmond verwandeln... aber in ein Messer! Es macht dir Vergnügen, meinen Tanz zu unterbrechen, wo doch tanzen die einzige Möglichkeit für mich ist, dich zu lieben.

GESTALT IN WEINLAUB Wenn du um das Bett kreist und um die Gegenstände im Haus, folge ich dir, aber ich folge dir nicht an die Orte, wohin du mich voller List entführen willst. Wenn du dich in einen Mondfisch verwandeltest, würde ich dich mit einem Messer aufschlitzen, weil ich ein Mann bin, weil ich eben nur das bin, ein Mann, mehr Mann als Adam, und ich möchte, daß du noch mehr Mann bist als ich. So sehr Mann, daß es kein Rascheln im Gezweig gibt, wenn du vorbeikommst. Aber du bist kein Mann. Hätte ich nicht diese Flöte, würdest du zum Mond entfleuchen, zum Mond, der bedeckt ist mit Spitzentüchlein und Tropfen Frauenblut.

GESTALT IN SCHELLEN *zaghaft:* Und wenn ich mich in eine Ameise verwandelte?

GESTALT IN WEINLAUB *mit Nachdruck:* Würde ich mich in Erde verwandeln.

GESTALT IN SCHELLEN *lauter:* Und wenn ich mich in Erde verwandelte?

GESTALT IN WEINLAUB *leiser:* Würde ich mich in Wasser verwandeln.

GESTALT IN SCHELLEN *bebend:* Und wenn ich mich in Wasser verwandelte?

GESTALT IN WEINLAUB *ermattet:* Würde ich mich in einen Mondfisch verwandeln.

GESTALT IN SCHELLEN *zitternd:* Und wenn ich mich in einen Mondfisch verwandelte?

GESTALT IN WEINLAUB *sich erhebend:* Würde ich mich in ein Messer verwandeln. In ein Messer, das vier lange Frühlinge hindurch geschliffen worden ist.

GESTALT IN SCHELLEN Bring mich ins Bad und ertränke mich. Das ist die einzige Möglichkeit für dich, mich nackt zu sehen. Meinst du, ich fürchte mich vor Blut? Ich weiß, wie ich dich beherrschen kann. Glaubst du, ich kenne dich nicht? Dich so beherrschen, daß, wenn ich sage »Wenn ich mich in einen Mondfisch verwandelte?«, du mir antworten würdest, »Würde ich mich in einen Beutel winziger Fischeier verwandeln«.

GESTALT IN WEINLAUB Nimm eine Axt und hau mir die Beine ab. Laß ruhig die Insekten der Ruine kommen und geh, denn ich verachte dich. Ich möchte, daß du bis ins Tiefste eindringst. Ich bespucke dich.

GESTALT IN SCHELLEN Willst du das? Dann lebwohl! Ich bin gelassen. Wenn ich die Ruine hinuntersteige, werde ich Liebe finden, immer mehr Liebe.

GESTALT IN WEINLAUB *angstvoll:* Wo gehst du hin? Wo gehst du hin?

GESTALT IN SCHELLEN Willst du nicht, daß ich fortgehe?

GESTALT IN WEINLAUB *mit schwacher Stimme:* Nein, geh nicht fort. Und wenn ich mich in ein Sandkörnchen verwandelte?

GESTALT IN SCHELLEN Würde ich mich in eine Peitsche verwandeln.

GESTALT IN WEINLAUB Und wenn ich mich in einen Beutel winziger Fischeier verwandelte?

GESTALT IN SCHELLEN Würde ich mich in noch eine Peitsche verwandeln. Eine Peitsche aus Gitarrensaiten.

GESTALT IN WEINLAUB Schlag mich nicht!

GESTALT IN SCHELLEN Eine Peitsche aus Schiffstauen.

GESTALT IN WEINLAUB Schlag mich nicht auf den Bauch.

GESTALT IN SCHELLEN Eine Peitsche aus den Staubfäden einer Orchidee.

GESTALT IN WEINLAUB Du wirst mich noch blind machen!

GESTALT IN SCHELLEN Blind, weil du kein Mann bist. Ich, ich bin einer. Ein so männlicher Mann, daß ich ohnmächtig werde, wenn die Jäger erwachen. Ein so männlicher Mann, daß ich einen stechenden Schmerz in den Zähnen spüre, wenn jemand einen noch so winzigen Halm knickt. Ein Riese. Ein so riesiger Riese, daß ich eine Rose auf den Fingernagel eines Neugeborenen sticken kann.

GESTALT IN WEINLAUB Die gespenstige Helle der Ruine ängstigt mich, ich warte auf die Nacht, um mich dir zu Füßen zu werfen.

GESTALT IN SCHELLEN Nicht doch. Warum sagst du mir so was? Du bist es, der mich zwingen muß, das zu tun. Bist du nicht ein Mann? Ein Mann, männlicher als Adam?

GESTALT IN WEINLAUB *sinkt zu Boden:* Ach! Ach!

GESTALT IN SCHELLEN *nähert sich ihr leise:* Und wenn ich mich in ein Kapitell verwandelte?

GESTALT IN WEINLAUB Ich Unglücklicher!

GESTALT IN SCHELLEN Würdest du dich in den Schatten eines Kapitells verwandeln, weiter nichts. Und dann käme Helena zu mir ins Bett. Helena, meine Liebste! Derweil lägest du unter den Kissen voller Schweiß, ein Schweiß, der nicht der deine wäre, sondern der der Kutscher, der Heizer und der Ärzte, die Krebs operieren. Dann würde ich mich in einen Mondfisch verwandeln, und du wärest nichts weiter als eine kleine Puderdose, die von Hand zu Hand geht.

GESTALT IN WEINLAUB Ach!

GESTALT IN SCHELLEN Schon wieder? Du weinst schon wieder? Ich werde in Ohnmacht fallen müssen, damit die Bauern kommen. Ich werde die Neger rufen müssen, die riesigen, von den spitzen Dolchen der Jucca verletzten Neger, die Tag und Nacht mit dem Schlamm der Flüsse kämpfen. Steh auf, Feigling! Gestern war ich beim Schmied und habe eine Kette bestellt. Entferne dich nicht von mir! Eine Kette, und ich hab die ganze Nacht geweint, weil mir die Handgelenke und die Knöchel weh taten, und dabei hatte ich sie gar nicht angelegt.

Die Gestalt in Weinlaub bläst in eine silberne Pfeife.

Was tust du?

Pfeift noch einmal.

Ich weiß schon, was du willst, aber ich habe noch Zeit zu fliehen.

GESTALT IN WEINLAUB *sich erhebend:* Flieh, wenn du willst.

GESTALT IN SCHELLEN Ich werde mich mit Kräutern verteidigen.

GESTALT IN WEINLAUB Versuch dich zu verteidigen. *Pfeift.*

Ein Kind in rotem Trikot fällt von der Decke.

KIND Der Kaiser! Der Kaiser! Der Kaiser!

GESTALT IN WEINLAUB Der Kaiser!

GESTALT IN SCHELLEN Ich übernehme deine Rolle. Zeig dich nicht. Es würde mich das Leben kosten.

KIND Der Kaiser! Der Kaiser! Der Kaiser!

GESTALT IN SCHELLEN Alles zwischen uns war ein Spiel. Wir haben gespielt! Und jetzt werde ich dem Kaiser dienen, wobei ich deine Stimme nachahme. Du kannst dich hinter das große Kapitell dort legen. Ich hab es dir noch nie gesagt. Dort ist eine Kuh, die das Essen für die Soldaten kocht.

GESTALT IN WEINLAUB Der Kaiser! Daran ist nichts mehr zu ändern. Du hast den Spinnfaden zerrissen, und ich spüre schon, wie meine großen Füße ganz klein und häßlich werden.

GESTALT IN SCHELLEN Möchtest du etwas Tee? Wo soll ich in dieser Ruine ein warmes Getränk hernehmen?

KIND *auf dem Boden:* Der Kaiser! Der Kaiser! Der Kaiser!

Es erschallt eine Trompete, und der Kaiser der Römer erscheint. Mit ihm kommt ein Zenturio von grauer Hautfarbe in einer gelben Tunika. Hinter ihnen die vier Pferde mit ihren Trompeten. Das Kind geht auf den Kaiser zu. Der nimmt es in die Arme, und sie verschwinden zwischen den Kapitellen.

ZENTURIO Der Kaiser sucht einen.

GESTALT IN WEINLAUB UND GESTALT IN SCHELLEN Einer ... bin ich.

ZENTURIO Welcher von beiden?

GESTALT IN WEINLAUB UND GESTALT IN SCHELLEN Ich.

ZENTURIO Der Kaiser wird herausbekommen, welcher von euch beiden einer ist. Mit einem Messer oder mit einem Qualster. Verflucht seien alle euren Geschlechts! Euretwegen muß ich einen so langen Weg zurücklegen und auf dem Sand schlafen. Meine Frau ist schön wie ein Gebirge. Sie gebärt gleichzeitig aus vier oder fünf Stellen und schnarcht mittags unter den Bäumen. Ich habe zweihundert Kinder und werde noch viel mehr haben. Verflucht sei euer Geschlecht!

Der Zenturio spuckt aus und singt. Man hört einen langgezogenen Schrei hinter den Säulen. Der Kaiser erscheint. Er wischt sich über die Stirn. Er zieht seine schwarzen Handschuhe aus, danach ein Paar rote, und seine Hände erscheinen in klassischem Weiß.

KAISER *mürrisch:* Wer von euch beiden ist einer?

GESTALT IN SCHELLEN Ich bin es, Herr.

KAISER Einer ist einer und immer einer. Ich habe über vierzig Burschen geköpft, die es nicht sagen wollten.

ZENTURIO *ausspuckend:* Einer ist einer und nicht mehr als einer.

KAISER Und es gibt keine zwei.

ZENTURIO Denn wenn es zwei gäbe, würde der Kaiser nicht überall suchen.

KAISER *zum Zenturio:* Zieh sie aus!

GESTALT IN SCHELLEN Ich bin einer, Herr. Der da ist der Bettler der Ruinen. Er nährt sich von Wurzeln.

KAISER Verschwinde.

GESTALT IN WEINLAUB Du kennst mich. Du weißt, wer ich bin. *Sie entledigt sich des Weinlaubs und erscheint als nackte gipsweiße Gestalt.*

KAISER *sie umarmend:* Einer ist einer.

GESTALT IN WEINLAUB Und immer einer. Wenn du mich küßt, werde ich den Mund öffnen und mir dann dein Schwert in den Hals stoßen.

KAISER Das werde ich tun.

GESTALT IN WEINLAUB Und laß meinen liebestrunkenen

Kopf in der Ruine, den Kopf von einem, der immer einer war.

KAISER *seufzend:* Einer.

ZENTURIO *zum Kaiser:* Es ist zwar schwer, ihn zu haben, doch da hast du ihn.

GESTALT IN WEINLAUB Er hat ihn, weil er ihn nie wird haben können.

GESTALT IN SCHELLEN Verrat! Verrat!

ZENTURIO Still, alte Ratte, Sohn von einem Besen!

GESTALT IN SCHELLEN Gonzalo! Hilf mir, Gonzalo!

Die Gestalt in Schellen rüttelt an einer Säule, und diese entfaltet sich zu der weißen spanischen Wand der ersten Szene.

Dahinter kommen drei bärtige Männer und der Direktor hervor.

MANN 1 Verrat!

GESTALT IN SCHELLEN Er hat uns verraten!

DIREKTOR Verrat!

Der Kaiser hält die Gestalt in Weinlaub umschlungen. Vorhang.

Drittes Bild

Ein Wall aus Sand. Links, auf den Wall gemalt, ein durchsichtiger Mond, fast wie aus Gelatine. In der Mitte ein riesiges lanzenförmiges grünes Blatt.

MANN 1 *eintretend:* Nicht das ist es, was jetzt not tut. Nach dem, was geschehen ist, wäre es ungerecht, wenn ich noch einmal zurückkäme, um mit den Kindern zu sprechen und mir die Heiterkeit des Himmels zu betrachten.

MANN 2 Ein schlimmer Ort, dies.

DIREKTOR Habt ihr den Kampf miterlebt?

MANN 3 *eintretend:* Beide mußten sterben. Nie habe ich einem so blutigen Fest beigewohnt.

MANN 1 Zwei Löwen! Zwei Halbgötter!

MANN 2 Zwei Halbgötter, wenn sie keinen After hätten.

MANN 1 Der After ist des Menschen Strafe. Der After ist des Menschen Verderb, ist seine Schande und sein Tod. Die beiden hatten einen After, und keiner von beiden konnte mit der reinen Schönheit der Marmorbilder kämpfen, die glänzen und unter einer makellosen Oberfläche innigste Wünsche hegen.

MANN 3 Wenn der Mond aufgeht, versammeln sich die Kinder vom Lande, um sich den Darm zu entleeren.

MANN 1 Und hinter den Binsen, am kühlen Ufer der stillen Gewässer, haben wir die Spur des Mannes gefunden, durch den die Freiheit der Nackten abscheulich wird.

MANN 3 Beide mußten sterben.

MANN 1 *mit Nachdruck:* Mußten siegen.

MANN 3 Wie?

MANN 1 Indem beide Männer gewesen wären und sich nicht von falschen Gelüsten hätten mitreißen lassen. Indem sie ganz und gar Männer gewesen wären. Kann ein Mann denn je aufhören, ein Mann zu sein?

MANN 2 Gonzalo!

MANN 1 Sie sind besiegt worden, und jetzt ist alles dem Hohn und Spott der Leute preisgegeben.

MANN 3 Keiner der beiden war ein Mann. Wie auch ihr keine Männer seid. Mich ekelt vor euch.

MANN 1 Dahinten, wo das Fest zu Ende geht, ist der Kaiser. Warum gehst du nicht hin und erwürgst ihn? Ich bewundere deinen Mut ebenso wie deine Schönheit. Warum stürzt du dich nicht auf ihn und beißt ihm mit den bloßen Zähnen das Genick durch?

DIREKTOR Warum tust du das nicht?

MANN 1 Weil ich nicht kann, weil ich nicht will, weil ich schwach bin.

DIREKTOR Aber er kann, er will, er ist stark. *Laut.* Der Kaiser ist in der Ruine!

MANN 3 Soll hingehen, wer seinen Atem einatmen will.

MANN 1 Du.

MANN 3 Ich könnte euch nur dazu bringen, wenn ich meine Peitsche hätte.

MANN 1 Du weißt, daß ich dir nicht widerstehen kann, aber ich verachte dich als Feigling.

MANN 2 Als Feigling!

DIREKTOR *Mann 3 anblickend, laut:* Der Kaiser, der unser Blut trinkt, ist in der Ruine.

Mann 3 bedeckt sich das Gesicht mit den Händen.

MANN 1 *auf den Direktor weisend:* Der ist es, erkennst du ihn jetzt? Das ist der tapfere Mann, der uns im Café und im Buch die Adern auf lange Fischgräten wickeln wird. Das ist der Mann, der den Kaiser insgeheim liebt und ihn in den Hafenkneipen sucht. Enrique, sieh dir seine Augen genau an, sieh, was für kleine Weintrauben über seine Schultern kullern. Mich täuscht er nicht. Aber jetzt werde ich den Kaiser töten. Ohne Messer, mit diesen zerbrechlichen Händen, um die mich alle Frauen beneiden.

DIREKTOR Nein, er wird hingehen! Warte etwas.

Mann 3 setzt sich auf einen Stuhl und weint.

MANN 3 Ich würde meinen Wolkenpyjama nicht einweihen können. Ach! Ihr wißt nicht, daß ich ein wunderbares Getränk entdeckt habe, das nur ein paar Neger in Honduras kennen.

DIREKTOR In einem fauligen Sumpf müßten wir stecken, unter dem Schlamm, wo die toten Frösche verwesen, und nicht hier.

MANN 2 *Mann 1 umarmend:* Gonzalo, warum liebst du ihn so?

MANN 1 *zum Direktor:* Ich werde dir den Kopf des Kaisers bringen!

DIREKTOR Das wird für Helena das schönste Geschenk sein.

MANN 2 Bleib hier, Gonzalo, und erlaub, daß ich dir die Füße wasche.

MANN 1 Der Kopf des Kaisers erregt die Körper aller Frauen.

DIREKTOR *zu Mann 1:* Aber du weißt nicht, daß Helena ihre Hände in Phosphor und ungelöschtem Kalk verschönern kann. Geh mit dem Messer! Helena, Helena, meine Liebste!

MANN 3 Meine Liebste, seit jeher. Niemand spreche hier Helenas Namen aus.

DIREKTOR *bebend:* Niemand erwähne ihren Namen. Viel besser, wir beruhigen uns. Wenn wir das Theater vergessen, wird das möglich sein. Niemand spreche ihren Namen aus.

MANN 1 *leise:* Helena.

DIREKTOR *zu Mann 1:* Schweig! Nachher werde ich hinter den Mauern des großen Lagerhauses warten. Schweig.

MANN 1 Ich möchte lieber ein für allemal Schluß machen. Helena! *Will weggehen.*

DIREKTOR *hält ihn zurück:* Hör zu, und wenn ich mich in einen kleinen Jasminzweig verwandelte?

MANN 2 *zu Mann 1:* Gehen wir! Laß dir nichts vormachen. Ich begleite dich zur Ruine.

DIREKTOR *Mann 1 umarmend:* Ich würde mich in eine Anispille verwandeln, eine Pille mit dem Extrakt der Binsen aller Flüsse. Und du wärest ein großes chinesisches Gebirge voller winziger lebendiger Harfen.

MANN 1 *die Augen halb öffnend:* Nicht doch. Dann wäre ich kein chinesisches Gebirge. Ich wäre ein Schlauch mit altem Wein, der die Kehle mit Blutegeln füllt.

Der Direktor und Mann 1 ringen geräuschlos miteinander.

MANN 3 Wir werden sie auseinanderbringen müssen.

MANN 2 Damit sie sich nicht zerfleischen.

MANN 3 Obgleich ich meine Freiheit erlangen würde.

MANN 2 Aber ich würde meinen Tod finden.

MANN 3 Wenn ich einen Sklaven habe . . .

MANN 2 Dann, weil ich ein Skave bin.

MANN 3 Aber auch wenn wir beide Sklaven sind, jeder auf seine Art, können wir doch die Ketten sprengen.

MANN 1 Ich werde Helena rufen!

DIREKTOR Ich werde Helena rufen!

MANN 1 Nein, bitte!

DIREKTOR Nein, ruf sie nicht. Ich werde mich verwandeln in was du willst.

Miteinander ringend, verschwinden sie rechts.

MANN 3 Wir können ihnen einen Schubs geben, und sie fallen in den Brunnen. Du und ich wären frei.

MANN 2 Du frei. Ich noch mehr Sklave.

MANN 3 Egal. Ich schubse sie. Ich möchte endlich in meinem grünen Land leben, Hirte sein und Felswasser trinken.

MANN 2 Du vergißt, daß ich stark bin, wenn ich will. Ich war noch ein Kind und habe schon die Ochsen meines Vaters ins Joch gespannt. Auch wenn meine Knochen mit winzigen Orchideen bedeckt sind, habe ich eine Muskelschicht, die ich benutze, wann ich will.

MANN 3 *sanft:* Es ist viel besser für sie und für uns. Los! Der Brunnen ist tief.

MANN 2 Ich lasse dich nicht!

Sie ringen miteinander. Mann 2 stößt Mann 3 von sich,

und sie verschwinden auf der gegenüberliegenden Seite. Die Mauer öffnet sich, und man sieht Julias Grab in Verona. Realistische Dekoration. Rosensträucher und Efeu. Mond. Julia liegt im Grab. Sie trägt ein weißes Operngewand, das ihre beiden Brüste aus rosa Zelluloid frei läßt.

JULIA *springt aus dem Grab:* Bitte, bitte! In der ganzen Zeit meiner Verbannung bin ich keiner Freundin begegnet, obgleich ich durch mehr als dreitausend leere Bögen gelaufen bin. Ein wenig Hilfe, bitte. Ein wenig Hilfe und ein Meer aus Schlaf. *Singt.*

Ein Meer aus Schlaf,
ein Meer aus weißer Erde
und die leeren Bögen am Himmel.
Meine Schleppe auf den Meeren, über den Algen,
meine Schleppe durch die Zeit.
Ein Meer aus Zeit.
Strand der Holzfällerwürmer
und Delphin aus Kristall über die Kirschbäume.
O reiner Asbest allen Endes! O Ruine!
O Einsamkeit ohne Bogen! Meer aus Schlaf!

Im Hintergrund der Bühne Schwertergeklirr und Stimmen.

JULIA Immer mehr Leute. Sie werden noch in mein Grab eindringen und mein eigenes Bettchen belegen. Mir sind die Diskussionen über die Liebe oder das Theater gleichgültig. Was ich will, ist lieben.

SCHIMMEL 1 *erscheint mit einem Schwert in der Hand:* Lieben!

JULIA Ja. Mit einer Liebe, die nur einen Augenblick währt.

SCHIMMEL 1 Ich habe im Garten auf dich gewartet.

JULIA Du meinst, im Grab.

SCHIMMEL 1 Du bist noch genauso verrückt, wie du schon

immer warst, Julia. Wann wirst du die Vollkommenheit eines Tages bemerken? Eines Tages mit Morgen und Abend.

JULIA Und Nacht.

SCHIMMEL 1 Nacht ist nicht Tag. An einem Tag wird es dir gelingen, dich von der Angst zu befreien und die kalten Marmorwände zu verscheuchen.

JULIA Wie?

SCHIMMEL 1 Steig auf meine Kruppe.

JULIA Wozu?

SCHIMMEL 1 *sich ihr nähernd:* Um dich von hier fortzubringen.

JULIA Wohin?

SCHIMMEL 1 Ins Dunkle. Im Dunklen gibt es sanfte Zweige. Der Friedhof der Flügel ist tausend Oberflächen dick.

JULIA *bebend:* Und was wirst du mir dort geben?

SCHIMMEL 1 Ich werde dir das Verschwiegenste vom Dunklen geben.

JULIA Den Tag?

SCHIMMEL 1 Das Moos ohne Licht, die Berührung, die kleine Welten mit den Fingerspitzen verschlingt.

JULIA Und du wolltest mir die Vollkommenheit eines Tages zeigen?

SCHIMMEL 1 Um dich der Nacht zu übergeben.

JULIA *wütend:* Aber was habe ich, du blödes Pferd, mit der Nacht zu tun? Was kann ich von ihren Sternen oder ihren Betrunkenen lernen? Ich werde zu Rattengift greifen müssen, um mich der Leute zu erwehren. Aber ich will keine Ratten töten. Sie bringen mir kleine Klaviere und Lackbürsten.

SCHIMMEL 1 Julia, die Nacht ist kein Augenblick, aber ein Augenblick kann die ganze Nacht währen.

JULIA *weinend:* Schluß jetzt. Ich will nichts mehr hören.

Wozu willst du mich von hier fortbringen? Das Wort der Liebe ist Schwindel, ein zerbrochener Spiegel, ein Schritt ins Wasser. Danach würdest du mich wieder im Grab lassen, wie es alle tun, wenn sie die Zuhörer davon zu überzeugen versuchen, daß wahre Liebe unmöglich ist. Ich bin es leid, ich stehe auf und rufe Hilfe herbei, um alle aus meinem Grab hinauszuwerfen, die über mein Herz theoretisieren oder mir mit einer kleinen Pinzette aus Marmor den Mund öffnen.

SCHIMMEL 1 Der Tag ist ein Phantom, das Platz nimmt.

JULIA Aber ich habe Frauen gekannt, die vor Sonne starben.

SCHIMMEL 1 Verstehe einen einzigen Tag richtig, und du wirst alle Nächte lieben.

JULIA Alles! Alles! Alles über die Menschen, über die Bäume, über die Pferde. Alles, was du mir zeigen willst, ist mir bestens bekannt. Der Mond schiebt sanft die unbewohnten Häuser fort, bringt die Säulen zum Einsturz und reicht den Maden winzige Laternen, damit sie ins Innere der Kirschen eindringen können. Der Mond bringt die Maske der Hirnhautentzündung in die Schlafzimmer, füllt die Bäuche der Schwangeren mit kaltem Wasser, und ehe ich mich versehe, wirft er mir Grasbüschel auf die Schultern. Pferd, schau mich nicht mit dieser Begierde an, die ich nur zu gut kenne. Als ich ganz klein war, sah ich auf den Wiesen Veronas die schönen Kühe weiden. Später habe ich sie in meinen Büchern abgebildet gesehen, und ich mußte immer an sie denken, wenn ich an einer Metzgerei vorbeikam.

SCHIMMEL 1 Liebe, die nur einen Augenblick währt.

JULIA Ja, eine Minute; und Julia lebendig, ganz ausgelassen, ohne den stechenden Schwarm von Lupen. Julia am Anfang; Julia am Stadtrand.

Im Hintergrund der Bühne hört man wieder Stimmengewirr und Schwertergeklirr.

SCHIMMEL 1 Liebe. Lieben. Liebe.
Liebe der Schneck, neck, neck,
die holt die Hörner aus dem Versteck.
Lieben. Liebe. Lieben.
Des Pferdes, das leckt
am Salzklumpen.

Tanzt.

JULIA Gestern waren es vierzig, und ich schlief. Die Spinnen kamen, die Mädchen und die von einem Hund vergewaltigte junge Frau, die sich mit Geranien bedeckte, doch ich blieb ruhig. Wenn Nymphen von Käse sprechen, kann der aus Sirenenmilch oder aus Klee sein. Aber heute waren es vier, waren es vier Burschen, die mir einen kleinen Phallus aus Ton verpassen wollten und entschlossen waren, mir mit Tinte einen Schnurrbart zu malen.

SCHIMMEL 1 Liebe. Lieben. Liebe.
Liebe von Ginido mit dem Ziegenbock
und der Mauleselin mit der Schneck,
neck, neck,
die holt die Hörner aus dem Versteck.
Lieben. Liebe. Lieben.
Von Jupiter mit dem Pfau im Stalle
und dem wiehernden Pferd in der
Kathedrale.

JULIA Vier Burschen, Pferd. Seit langem schon vernahm ich den Lärm des Schabernacks, aber ich bin erst erwacht, als die Messer blitzten.

Der Rappe erscheint. Er trägt einen schwarzen Federbusch und hält ein Rad in der Hand.

RAPPE Vier Burschen? Alle Welt. Ein Feld mit Affodill

und ein Saatfeld. Die Toten diskutieren weiter und die Lebenden benutzen das Skalpell. Alle Welt.

SCHIMMEL 1 Am Ufer des Toten Meeres wachsen schöne Äpfel aus Asche, aber die Asche ist gut.

RAPPE O Frische! O Fruchtfleisch! O Tau! Ich esse Asche.

JULIA Nein. Asche ist nicht gut. Wer spricht von Asche?

SCHIMMEL 1 Ich spreche nicht von Asche. Ich spreche von der Asche in Form eines Apfels.

RAPPE Form! Form! Begierde nach Blut.

JULIA Tumult.

RAPPE Begierde des Blutes und Widerwille des Rades.

Die drei Schimmel erscheinen. Sie tragen lange schwarzlackierte Stöcke.

DIE DREI SCHIMMEL Form und Asche. Asche und Form. Spiegel. Und wer ein Ende finden kann, soll ein Goldplättchen hinlegen.

JULIA *flehentlich:* Form und Asche.

RAPPE Ja. Ihr wißt ja, wie gut ich Tauben köpfen kann. Wenn man Fels sagt, verstehe ich Luft. Wenn man Luft sagt, verstehe ich Leere. Sagt man Leere, verstehe ich geköpfte Taube.

SCHIMMEL 1 Liebe. Lieben. Liebe.
Des Mondes mit der Eierschale,
des Eigelbs mit dem Mond
und der Wolke mit der Eierschale.

DIE DREI SCHIMMEL *mit ihren Stöcken auf den Boden klopfend:* Liebe. Lieben. Liebe.
Des Kuhfladens mit der Sonne,
der Sonne mit der toten Kuh
und der Käfer mit der Sonne.

RAPPE Sosehr ihr auch die Stöcke schwingt, die Dinge werden sich nicht anders abspielen, als sie sich abspielen müssen. Verdammte, skandalöse Bande! Euretwegen muß ich mehrmals in der Woche im ganzen Wald nach Harz suchen, um das Schweigen, das mir zukommt, zu verstopfen und wiederherzustellen. *Zu Julia, in einschmeichelndem Ton.* Geh, Julia. Ich habe dir Leinenlaken hingelegt. Gleich wird ein feiner, efeubekränzter Regen fallen, der die Himmel und die Wände benetzt.

DIE DREI SCHIMMEL Wir haben drei schwarze Stöcke.

SCHIMMEL 1 Und ein Schwert.

DIE DREI SCHIMMEL *zu Julia:* Wir müssen durch deinen Leib hindurch, um die Auferstehung der Pferde zu finden.

RAPPE Julia, es ist drei Uhr morgens; wenn du nicht aufpaßt, schließen die Leute die Tür und du kommst nicht mehr hinein.

DIE DREI SCHIMMEL Es bleibt ihr die Wiese und der Horizont von Bergen.

RAPPE Julia, hör nicht auf sie. Auf der Wiese ist der Bauer, der seinen Rotz hinunterschluckt, und der riesige Fuß, der das Mäuschen zerquetscht, und das Heer von Regenwürmern, das das lüsterne Gras mit Schleim überzieht.

SCHIMMEL 1 Es bleiben ihr die festen kleinen Brüste, und außerdem hat man schon das Bett erfunden, um mit Pferden zu schlafen.

DIE DREI SCHIMMEL *ihre Stöcke schwingend:* Und wir wollen ins Bett.

SCHIMMEL 1 Mit Julia. Ich war letzte Nacht im Grab und weiß, was alles passiert ist.

DIE DREI SCHIMMEL *wütend:* Wir wollen ins Bett!

SCHIMMEL 1 Weil wir richtige Pferde sind, Kutschpferde, die mit ihrem Gemächt das Holz der Krippen und die Stallfenster zerbrochen haben.

DIE DREI SCHIMMEL Zieh dich aus, Julia, und zeig deine

Kruppe, damit wir sie mit unseren Schwänzen peitschen. Wir wollen auferstehen!

Julia flüchtet zum Rappen.

RAPPE Du bist verrückt, mehr als verrückt.

JULIA *erholt sich vom Schrecken:* Ich habe keine Angst vor euch. Ihr wollt also mit mir schlafen? Wirklich? Nun, jetzt bin ich es, die mit euch schlafen will, aber ich bestimme, habe die Zügel in der Hand, ich besteige euch, ich stutze euch mit meiner Schere die Mähne.

RAPPE Wer durchdringt wen? O Liebe, Liebe, du mußt mit deinem Licht die dunklen Gluten durchdringen! O Meer, gestützt auf das Halbdunkel, und Blume im Hintern des Toten!

JULIA *mit Nachdruck:* Ich bin keine Sklavin, daß man mir Ahlen aus Ambra in die Brüste sticht, und kein Orakel für die, die vor den Stadttoren vor Liebe zittern. Ich habe nur vom Geruch des Feigenbaums geträumt und von den Lenden des Ährenschnitters. Keiner durchdringt mich! Ich durchdringe euch!

RAPPE Schlaf, schlaf, schlaf!

DIE DREI SCHIMMEL *ergreifen die Stöcke, aus deren Zwingen drei Wasserstrahlen hervorspritzen:* Wir urinieren auf dich, wir urinieren auf dich. Wir urinieren auf dich, wie wir auf die Stuten urinieren, wie die Ziege auf das Maul des Bockes uriniert und der Himmel auf die Magnolien, um sie ledern zu machen.

RAPPE *zu Julia:* An deinen Platz. Damit dich keiner durchdringt.

JULIA Ich soll also still sein? Ein neugeborenes Kind ist schön.

DIE DREI SCHIMMEL Ist schön. Und würde den Schweif über den ganzen Himmel ziehen.

Rechts erscheint Mann 1 mit dem Direktor. Der Direktor tritt wie im ersten Bild als weißer Harlekin auf.

MANN 1 Genug jetzt, meine Herren!

DIREKTOR Theater unter freiem Himmel!

SCHIMMEL 1 Nein. Jetzt haben wir das wahre Theater eröffnet, das Theater unter dem Sand.

RAPPE Damit man die Wahrheit über die Gräber erfährt.

DIE DREI SCHIMMEL Gräber mit Reklame, Gaslicht und langen Sitzreihen.

MANN 1 Ja! Den ersten Schritt haben wir schon getan. Aber ich weiß genau, daß drei von euch sich verbergen, daß drei von euch noch auf der Oberfläche schwimmen.

Die drei Schimmel rücken unruhig zusammen.

Die Peitsche der Kutscher und die Zange der Hufschmiede gewohnt, habt ihr Angst vor der Wahrheit.

RAPPE Wenn sie das letzte Kleid aus Blut abgelegt haben, wird die Wahrheit eine Brennessel sein, ein hinuntergeschlungener Krebs oder ein Stück Leder hinter Glas.

MANN 1 Sie müssen sofort von hier verschwinden. Sie haben vor dem Publikum Angst. Ich weiß die Wahrheit, ich weiß, daß sie nicht Julia suchen und eine Begierde verbergen, die mich verletzt und die ich in ihren Augen lese.

RAPPE Nicht eine Begierde; alle Begierden. Wie du.

MANN 1 Ich habe nur eine Begierde.

SCHIMMEL 1 Wie die Pferde vergißt keiner seine Maske.

MANN 1 Ich habe keine Maske.

DIREKTOR Es gibt nur Masken. Ich hatte recht, Gonzalo. Wenn wir die Maske übergehen, hängt sie uns an einem Baum auf, wie den Jungen in Amerika.

JULIA *weinend:* Maske!

SCHIMMEL 1 Form!

DIREKTOR Mitten auf der Straße macht uns die Maske die Knöpfe zu und verhindert die unkluge Schamröte, die manchmal auf unseren Wangen entsteht. Im

Schlafzimmer, wenn wir mit den Fingern in der Nase bohren oder sorgfältig unseren Hintern untersuchen, schneidet uns der Gips der Maske derart ins Fleisch, daß wir uns mit Mühe im Bett ausstrecken können.

MANN 1 *zum Direktor:* Ich habe so lange mt der Maske gekämpft, bis ich dich nackt sah. *Umarmt ihn.*

SCHIMMEL 1 *spöttisch:* Ein See ist eine Oberfläche.

MANN 1 *gereizt:* Oder ein Volumen!

SCHIMMEL 1 *lachend:* Ein Volumen ist tausend Oberflächen.

DIREKTOR *zu Mann 1:* Umarme mich nicht, Gonzalo. Deine Liebe lebt nur vor Zeugen. Hast du mich in der Ruine nicht schon genug geküßt? Ich verachte deine Eleganz und dein Theater.

Sie ringen miteinander.

MANN 1 Ich liebe dich vor den anderen, weil ich die Maske verabscheue und weil ich es fertiggebracht habe, sie dir herunterzureißen.

DIREKTOR Warum bin ich so schwach?

MANN 1 *ringend:* Ich liebe dich.

DIREKTOR *ringend:* Ich bespucke dich.

JULIA Sie kämpfen miteinander!

RAPPE Sie lieben sich.

DIE DREI SCHIMMEL Liebe, Liebe, Liebe.
Liebe des Einen mit dem Zweiten
und Liebe des Dritten, der erstickt,
um einer zwischen beiden zu sein.

MANN 1 Ich werde dein Skelett ausziehen.

DIREKTOR Mein Skelett hat sieben Lichter.

MANN 1 Ein leichtes für meine sieben Hände.

DIREKTOR Mein Skelett hat sieben Schatten.

DIE DREI SCHIMMEL Laß ihn, laß ihn.

SCHIMMEL 1 *zu Mann 1:* Ich befehle dir, du sollst ihn lassen.

Die Pferde trennen Mann 1 und den Direktor.

DIREKTOR *sehr vergnügt an Schimmel 1 sich schmiegend:* Als Sklave des Löwen kann ich ein Freund des Pferdes sein.

SCHIMMEL 1 *ihn umarmend:* Liebe.

DIREKTOR Ich werde die Hände in die großen Taschen stecken, um die Münzen und die Summen voller Brotkrümel in den Schlamm zu werfen.

JULIA *zum Rappen:* Bitte!

RAPPE *unruhig:* Warte.

MANN 1 Noch ist die Zeit nicht gekommen, da die Pferde einen nackten Menschen mitnehmen, den ich mit vielen Tränen bleich gemacht habe.

Die drei Schimmel halten Mann 1 fest.

MANN 1 *laut:* Enrique!

DIREKTOR Enrique? Hier hast du Enrique. *Er zieht sich schnell das Kostüm aus und wirft es hinter eine Säule. Darunter trägt er ein hauchzartes durchsichtiges Balletttrikot.*

Hinter der Säule erscheint das Kostüm von Enrique. Diese Person ist derselbe weiße Harlekin mit einer blaßgelben Gesichtsmaske.

DAS HARLEKINKOSTÜM Ich friere. Elektrisches Licht. Brot. Man hat Gummi verbrannt. *Erstarrt.*

DIREKTOR *zu Mann 1:* Kommst du jetzt nicht mit mir, mit der Wilhelmine der Pferde?

SCHIMMEL 1 Mond und Füchsin, Flasche der kleinen Kneipen.

DIREKTOR Ihr könnt herein, und die Schiffe und die Regimenter, und wenn sie wollen, können die Störche auch herein. So ein Weib bin ich!

DIE DREI SCHIMMEL Wilhelmine!

DIREKTOR Nicht Wilhelmine. Ich bin nicht Wilhelmine, ich bin die Dominga der Negerlein. *Er reißt sich die Schleier vom Leibe und erscheint in einem Trikot voller kleiner Schellen. Er wirft die Schleier hinter die Säule und verschwindet, gefolgt von den Pferden.*

Dann tritt die Person Schleiergewand auf.

SCHLEIERGEWAND Wil-wilhel-wilhelmi-wilhelmine. Ne-nemi-nemihel-nemihelwil. Laßt mich herein oder laßt mich heraus. *Sinkt schlafend zu Boden.*

MANN 1 Enrique, gib acht auf der Treppe!

DIREKTOR *draußen:* Mond und Füchsin der betrunkenen Matrosen.

JULIA *zum Rappen:* Gib mir das Schlafmittel.

RAPPE Sand.

MANN 1 *schreiend:* In einen Mondfisch, ich möchte nur, daß du ein Mondfisch wirst! Daß du dich in einen Mondfisch verwandelst! *Tritt zornig ab.*

HARLEKINKOSTÜM Enrique. Elektrisches Licht. Brot. Man hat Gummi verbrannt.

Links erscheinen Mann 3 und Mann 2. Mann 2 ist die Frau im schwarzen Pyjama mit dem Kranz aus Klatschmohn von Bild 1. Mann 3 unverändert.

MANN 2 Er liebt mich so sehr, daß er imstande ist, uns zu ermorden, wenn er uns zusammen sieht. Gehen wir. Jetzt werde ich dir für immer dienen.

MANN 3 Deine Schönheit unter den Säulen war herrlich.

JULIA *zu dem Paar:* Wir wollen die Tür schließen.

MANN 2 Die Tür des Theaters wird nie geschlossen.

JULIA Es regnet in Strömen, meine Freundin.

Es beginnt zu regnen. Mann 3 zieht aus der Tasche eine Gesichtsmaske mit feurigem Ausdruck und setzt sie sich auf.

MANN 3 *galant:* Könnte ich nicht zum Schlafen hierbleiben?

JULIA Weshalb?

MANN 3 Um dich zu besitzen. *Spricht mit ihr.*

MANN 2 *zum Rappen:* Haben Sie einen dunkelhaarigen Mann mit schwarzem Bart herauskommen sehen, dessen Lackschuhe ein bißchen quietschen?

RAPPE Ich habe ihn nicht gesehen.

MANN 3 *zu Julia:* Und wer könnte dich besser beschützen als ich?

JULIA Und wer hätte mehr Liebe verdient als deine Freundin?

MANN 3 Meine Freundin? *Wütend.* Immer verliere ich euretwegen. Das ist nicht meine Freundin, das ist eine Maske, ein Besen, ein schwächlicher Sofakissenhund.

Er entkleidet ihn gewaltsam, zieht ihm den Pyjama aus, nimmt ihm die Perücke ab, und es erscheint Mann 2, ohne Bart, im Kostüm des ersten Bildes.

MANN 2 Erbarmen!

MANN 3 *zu Julia:* Ich hatte ihn verkleidet, um ihn vor den Banditen zu schützen. Küß mir die Hand, küß die Hand deines Beschützers.

Der Pyjama mit dem Klatschmohn erscheint. Das Gesicht dieser Person ist weiß, glatt und oval wie ein Straußenei. Mann 3 schiebt Mann 2 rechts hinaus und läßt ihn verschwinden.

MANN 2 Erbarmen!

Der Pyjama setzt sich auf die Treppe und schlägt sich mit den Händen langsam in sein glattes Gesicht. Er tut das bis zum Schluß.

MANN 3 *zieht einen großen roten Umhang aus der Tasche, hängt ihn sich über die Schultern und umschlingt Julia:* Meine Liebe, »sieh den neid'schen Streif, der dort im Ost der Frühe Wolken säumt«. Der Wind zerbricht die Zweige der Zypresse ...

JULIA Das stimmt nicht!

MANN 3 ... und besucht in Indien alle Frauen, die Hände aus Wasser haben.

RAPPE *dreht das Rad:* Es wird geschlossen!

JULIA Es regnet in Strömen!

MANN 3 Warte, warte. Jetzt singt die Nachtigall.

JULIA *zitternd:* Die Nachtigall, mein Gott! Die Nachtigall ...!

RAPPE Daß sie dich nicht überrascht! *Er packt sie und legt sie ins Grab.*

JULIA *einschlafend:* Die Nachtigall ...!

RAPPE *hinausgehend:* Morgen komme ich zurück mit dem Sand.

JULIA Morgen.

MANN 3 *am Grab:* Meine Liebe, kehr zurück! Der Wind zerfetzt die Ahornblätter. Was hast du getan? *Umarmt sie.*

STIMME DRAUSSEN Enrique!

HARLEKINKOSTÜM Enrique.

SCHLEIERGEWAND Wilhelmine. Hört endlich auf! *Weint.*

MANN 3 Warte, warte. Jetzt singt die Nachtigall.

Man hört eine Schiffssirene. Mann 3 legt die Maske auf Julias Gesicht und bedeckt ihren Leib mit dem roten Umhang.

Es regnet zu stark. *Er spannt einen Regenschirm auf und geht leise auf Zehenspitzen hinaus.*

MANN 1 *eintretend:* Enrique, wieso bist du zurückgekommen?

HARLEKINKOSTÜM *im gleichen Tonfall:* Enrique, wieso bist du zurückgekommen?

MANN 1 Warum machst du dich über mich lustig?

HARLEKINKOSTÜM Warum machst du dich über mich lustig?

MANN 1 *das Kostüm umarmend:* Du mußtest meinetwegen zurückkommen, meiner unerschöpflichen

Liebe wegen, nachdem du das Kraut und die Pferde besiegt hattest.

HARLEKINKOSTÜM Die Pferde ...!

MANN 1 Sag mir, sag mir, daß du meinetwegen zurückgekommen bist!

HARLEKINKOSTÜM *mit schwacher Stimme:* Ich friere. Elektrisches Licht. Brot. Man hat Gummi verbrannt.

MANN 1 *das Kostüm stürmisch umarmend:* Enrique!

HARLEKINKOSTÜM *mit noch schwächerer Stimme:* Enrique ...

SCHLEIERGEWAND *mit zarter Stimme:* Wilhelmine ...

MANN 1 *wirft das Kostüm zu Boden und steigt die Treppe hinauf:* Enriqueee!

HARLEKINKOSTÜM *auf dem Boden und ganz matt:* Enriqueeeeee ...

Die Gestalt mit dem Gesicht wie ein Ei schlägt sich unaufhörlich mit den Händen auf die Wangen. Außer dem Geräusch des Regens hört man den Gesang der echten Nachtigall.

Vorhang.

*Fünftes Bild**

In der Mitte der Bühne ein Bett, von vorne und senkrecht, wie von einem naiven Maler; darauf ein roter Nackter mit einer blauen Dornenkrone. Im Hintergrund Bögen und Treppen, die zu den Logen eines großen Theaters hinaufführen. Rechts das Portal einer Universität. Wenn der Vorhang hochgeht, hört man Applaus.

NACKTER Wann seid ihr fertig?

* Auch im spanischen Original folgt das Fünfte Bild dem Dritten Bild.

KRANKENPFLEGER *eilt herein:* Sobald der Tumult sich gelegt hat.

NACKTER Was wollen sie?

KRANKENPFLEGER Sie fordern den Tod des Schauspieldirektors.

NACKTER Und was sagt man über mich?

KRANKENPFLEGER Nichts.

NACKTER Und weiß man etwas von Gonzalo?

KRANKENPFLEGER Man sucht ihn in der Ruine.

NACKTER Ich möchte sterben. Wieviel Glas Blut habt ihr mir abgezapft?

KRANKENPFLEGER Fünfzig. Jetzt werde ich dir die Galle geben, und später, um acht, komme ich dann mit dem Skalpell, um dir die Wunde an der Seite zu vertiefen.

NACKTER Die mit den meisten Vitaminen.

KRANKENPFLEGER Ja.

NACKTER Hat man die Leute unter dem Sand herausgelassen?

KRANKENPFLEGER Im Gegenteil. Die Soldaten und die Ingenieure versperren alle Ausgänge.

NACKTER Wie weit ist es noch bis Jerusalem?

KRANKENPFLEGER Drei Stationen, wenn die Kohle reicht.

NACKTER Vater, laß diesen Kelch an mir vorübergehen!

KRANKENPFLEGER Sei still. Dies ist nun schon das dritte Thermometer, das du zerbrichst.

Die Studenten treten auf. Sie tragen schwarze Umhänge und rote Schärpen.

STUDENT 1 Warum feilen wir nicht die Eisenstäbe durch?

STUDENT 2 Die Gasse ist voll von Bewaffneten, und da ist es schwer, zu fliehen.

STUDENT 3 Und die Pferde?

STUDENT 1 Die Pferde konnten entkommen. Sie haben das Bühnendach durchbrochen.

STUDENT 4 Als ich im Turm eingesperrt war, habe ich gesehen, wie sie zusammen den Hügel hinaufgingen. Der Direktor war bei ihnen.

STUDENT 1 Hat das Theater denn keine Versenkung?

STUDENT 2 Selbst die Versenkung ist vollgepfropft mit Publikum. Wir bleiben besser hier.

Man hört Applaus. Der Krankenpfleger richtet den Nackten im Bett auf und streicht die Kissen glatt.

NACKTER Mich dürstet.

KRANKENPFLEGER Man hat schon jemanden ins Theater geschickt, um Wasser zu holen.

STUDENT 4 Die erste Bombe der Revolution hat dem Rhetorikprofessor den Kopf abgerissen.

STUDENT 2 Zur großen Freude seiner Frau, die jetzt so viel arbeiten wird, daß sie sich an den Zitzen zwei Hähne wird anbringen müssen.

STUDENT 3 Man sagt, daß nachts immer ein Pferd zu ihr auf die Terrasse gestiegen ist.

STUDENT 1 Ausgerechnet sie war es, die durch eine Dachluke des Theaters alles sah, was vor sich ging, und Alarm schlug.

STUDENT 4 Und obgleich die Dichter eine Leiter anlegten, um sie zu ermorden, schrie sie weiter, und alles kam gerannt.

STUDENT 2 Sie heißt?

STUDENT 3 Sie heißt Helena.

STUDENT 1 *beiseite:* Selene.

STUDENT 2 *zu Student 1:* Was ist los mit dir?

STUDENT 1 Ich habe Angst, an die frische Luft zu gehen.

Die beiden Schächer kommen die Treppe herunter. Mehrere Damen in Abendkleidern stürzen aus den Logen. Die Studenten diskutieren.

DAME 1 Ob die Wagen noch vor der Tür stehen?

DAME 2 Wie schrecklich!

DAME 3 Man hat den Schauspieldirektor im Grab gefunden.

DAME 1 Und Romeo?

DAME 4 Den hat man, als wir gingen, gerade entkleidet.

JUNGE 1 Das Publikum will, daß der Dichter von den Pferden zu Tode geschleift wird.

DAME 1 Aber warum? Es war ein köstliches Stück, und die Revolution hat kein Recht, die Gräber zu schänden.

DAME 2 Die Stimmen waren die von Lebenden und ihre Erscheinungen auch. Wozu sollten wir an Skeletten lecken?

JUNGE 1 Sie haben recht. Die Grabesszene war wundervoll in Szene gesetzt. Aber ich habe den Schwindel entdeckt, als ich Julias Füße sah. Sie waren winzig.

DAME 2 Reizend waren sie! Sie werden an ihnen doch nichts auszusetzen haben?

JUNGE 1 Doch, sie waren nämlich zu klein, als daß es hätten Frauenfüße sein können. Sie waren zu vollkommen und zu weiblich. Es waren Männerfüße, Füße, die ein Mann erfunden hat.

DAME 2 Wie schrecklich!

Aus dem Theater dringt Gemurmel und Schwertergeklirr.

DAME 3 Können wir nicht hinaus?

JUNGE 1 In diesem Augenblick nähert sich die Revolution der Kathedrale. Gehen wir über die Treppe.

Sie gehen ab.

STUDENT 4 Der Tumult entstand, als zu sehen war, daß Romeo und Julia sich wirklich liebten.

STUDENT 2 Ganz im Gegenteil. Der Tumult entstand, als man merkte, daß sie sich nicht liebten, daß sie sich niemals würden lieben können.

STUDENT 4 Das Publikum hat genug Spürsinn, um alles aufzudecken, und deshalb hat es protestiert.

STUDENT 2 Genau. Die Skelette haben sich geliebt, sie waren gelb vor Glut, aber die Kostüme haben sich nicht geliebt, und das Publikum hat mehrmals gesehen, daß Julias Schleppe voll ekligem Gewürm war.

STUDENT 4 Die Leute übersehen die Kostüme in den Aufführungen, und die Revolution brach aus, als man die wirkliche Julia geknebelt unter den Sitzen fand, mit Watte zugedeckt, damit sie nicht schreien konnte.

STUDENT 1 Das ist das große Mißverständnis aller, und deshalb liegt das Theater in den letzten Zügen. Das Publikum darf nicht hinter die Seide und die Pappe gucken, die der Dichter in seinem Schlafzimmer aufstellt. Romeo kann ein Vogel sein und Julia ein Stein. Romeo kann ein Salzkorn sein und Julia eine Landkarte. Was geht das das Publikum an?

STUDENT 4 Nichts. Aber ein Vogel kann keine Katze sein und ein Stein keine Sturzsee.

STUDENT 2 Das ist eine Frage der Form, der Maske. Eine Katze kann ein Frosch sein, und der Wintermond kann sehr wohl ein Reisigbündel voller erstarrter Würmer sein. Das Publikum muß beim Wort einschlummern und darf nicht durch die Säule hindurch die blökenden Schafe und die am Himmel ziehenden Wolken sehen.

STUDENT 4 Deshalb ist die Revolution ausgebrochen. Der Direktor hat die Versenkung geöffnet, und die Leute konnten sehen, wie das Gift aus den falschen Adern den wahren Tod vieler Kinder verursacht hat. Nicht die maskierten Formen vermögen das Leben zu erheben, sondern das Haarröhrchen des Barometers hinter ihnen.

STUDENT 2 Aber müssen Romeo und Julia denn unbedingt ein Mann und eine Frau sein, damit die Grabesszene lebendig und herzzerreißend ist?

STUDENT 1 Nicht unbedingt. Das war es ja gerade, was der Schauspieldirektor mit Geist und Witz hatte zeigen wollen.

STUDENT 4 *ungehalten:* Nicht unbedingt? Dann könnt ihr die Maschinen abstellen und die Weizenkörner auf ein Feld aus Stahl streuen.

STUDENT 2 Und was würde geschehen? Dann werden Pilze kommen, und die Herzschläge würden vielleicht stärker und leidenschaftlicher werden. Jedermann weiß, wie nahrhaft ein Weizenkorn ist, aber keiner weiß, wie nahrhaft ein Pilz ist.

STUDENT 5 *kommt aus der Loge:* Der Richter ist eingetroffen, und bevor sie umgebracht werden, müssen sie die Grabesszene wiederholen.

STUDENT 4 Gehen wir hin. Ihr werdet sehen, daß ich recht habe.

STUDENT 2 Ja. Wir werden die letzte wirklich weibliche Julia im Theater erleben. *Gehen rasch ab.*

NACKTER Vater, vergib ihnen, denn sie wissen nicht, was sie tun.

KRANKENPFLEGER *zu den Schächern:* Warum kommt ihr erst jetzt?

DIE SCHÄCHER Der Inspizient hat sich vertan.

KRANKENPFLEGER Hat man euch die Spritze gegeben?

DIE SCHÄCHER Ja.

Sie setzen sich mit brennenden Altarkerzen ans Fußende des Bettes. Die Bühne liegt im Halbdunkel. Der Inspizient erscheint.

KRANKENPFLEGER Ist dies vielleicht der Augenblick für den Auftritt der Schächer?

INSPIZIENT Ich bitte um Verzeihung, aber man hatte den Bart des Joseph von Arimathia verlegt.

KRANKENPFLEGER Ist im Operationssaal alles vorbereitet?

INSPIZIENT Es fehlen nur noch die Leuchter, der Kelch und die Fläschchen mit Kampferöl.

KRANKENPFLEGER Beeil dich.

Der Inspizent geht ab.

NACKTER Dauert es noch lange?

KRANKENPFLEGER Nein. Es hat schon zum dritten Mal geläutet. Sobald der Kaiser sich als Pontius Pilatus verkleidet hat.

JUNGE 1 *erscheint mit den Damen:* Ich bitte Sie. Sie brauchen deswegen nicht gleich in Panik geraten.

DAME 1 Es ist entsetzlich, wenn man sich im Theater verirrt und den Ausgang nicht findet.

DAME 2 Was mir am meisten Angst gemacht hat, war der Wolf aus Pappe und die vier Schlangen im Blechteich.

DAME 3 Als wir auf den Ruinenberg stiegen, glaubten wir, die Morgenröte zu sehen, aber wir stießen gegen die Vorhänge, und meine silbernen Schuhe sind voller Petroleumflecken.

DAME 4 *lehnt sich an einen der Bögen:* Man führt noch einmal die Grabesszene auf. Sicher wird das Feuer jetzt auch die Türen erfassen, denn wie ich vor einem Augenblick sehen konnte, hatten die Türhüter schon versengte Hände und konnten es nicht eindämmen.

JUNGE 1 Über die Äste des Baums dort können wir einen der Balkone erreichen und von dort aus um Hilfe rufen.

KRANKENPFLEGER *laut:* Wann wird endlich das Signal für den Todeskampf gegeben?

Man hört eine Glocke.

DIE SCHÄCHER *halten die Kerzen in die Höhe:* Heilig. Heilig. Heilig.

NACKTER Vater, ich befehle meinen Geist in deine Hände.

KRANKENPFLEGER Das kommt zwei Minuten zu früh.

NACKTER Aber die Nachtigall hat schon geschlagen.

KRANKENPFLEGER Stimmt. Und die Apotheken haben für den Todeskampf geöffnet.

NACKTER Für den Todeskampf des einsamen Menschen auf den Perrons und in den Zügen.

KRANKENPFLEGER *schaut auf die Uhr, dann laut:* Bringt das Leintuch. Aber paßt gut auf, daß der Wind, der wehen soll, euch nicht die Perücken vom Kopf reißt. Schnell.

DIE SCHÄCHER Heilig. Heilig. Heilig.

NACKTER Es ist vollbracht.

Das Bett dreht sich um seine Achse und der Nackte verschwindet. Auf der Rückseite des Bettes liegt Mann 1, immer noch im Frack und mit schwarzem Bart.

MANN 1 *schließt die Augen:* Agonie!

Das Licht nimmt die stark silbrige Färbung einer Kinoleinwand an. Die Bögen und Treppen im Hintergrund erscheinen in körnigem blauen Licht. Der Krankenpfleger und die Schächer gehen tänzelnd ab, ohne den Rücken zu zeigen. Die Studenten kommen durch einen der Bögen. Sie tragen kleine elektrische Laternen.

STUDENT 4 Das Verhalten des Publikums war abscheulich.

STUDENT 1 Abscheulich. Ein Zuschauer darf nie am Stück mitwirken. Wenn die Leute ins Aquarium gehen, bringen sie ja auch nicht die Seeschlangen, die Wasserratten oder die leprösen Fische um, sondern ihr Blick gleitet über die Scheiben, und so lernen sie.

STUDENT 4 Romeo war ein Mann von dreißig und Julia ein fünfzehnjähriger Junge. Der Protest des Publikums hat gewirkt.

STUDENT 2 Der Direktor hat auf geniale Weise verhindert, daß die Menge der Zuschauer etwas merkte, aber die

Pferde und die Revolution haben seine Pläne zunichte gemacht.

STUDENT 4 Sie umzubringen war einfach unstatthaft.

STUDENT 1 Und daß man auch die wirkliche Julia umgebracht hat, die wimmernd unter den Sitzen lag.

STUDENT 4 Aus reiner Neugier, nur um zu sehen, was sie in sich hatten.

STUDENT 3 Und was haben sie konstatiert? Massenhaft Wunden und völlige Verwirrung.

STUDENT 4 Die Wiederholung der Szene war wundervoll, denn ohne Zweifel liebten sie sich mit unermeßlicher Liebe, wenn ich die auch nicht rechtfertigen kann. Als die Nachtigall sang, konnte ich die Tränen nicht mehr zurückhalten.

STUDENT 3 Das ging allen so. Aber dann zogen sie Messer und schwangen Stöcke, denn der Buchstabe war stärker als sie, und wenn die Doktrin ihr Haar löst, kann sie unerschrocken die unschuldigsten Wahrheiten über den Haufen werfen.

STUDENT 5 *fröhlich:* Seht mal, ich habe einen Schuh von Julia ergattert. Als die Nonnen sie ins Leichentuch hüllten, habe ich ihn geklaut.

STUDENT 4 *ernst:* Welche Julia?

STUDENT 5 Welche Julia wohl? Die auf der Bühne, die die schönsten Füße der Welt hatte.

STUDENT 4 *erstaunt:* Aber hast du denn nicht gemerkt, daß die Julia im Grab ein verkleideter Junge war – ein Trick des Direktors – und daß die wirkliche Julia geknebelt unter den Sitzen lag?

STUDENT 5 *bricht in Lachen aus:* Nun, sie gefällt mir! Sie sah sehr schön aus, und wenn sie ein verkleideter Junge war, ist mir das völlig gleich; hingegen hätte ich nicht den Schuh jenes gepuderten Mädchens aufgehoben, das da wie eine Katze unter den Sitzen wimmerte.

STUDENT 3 Und doch hat man sie eben deswegen ermordet.

STUDENT 5 Weil sie verrückt sind. Was mich betrifft, der ich jeden Tag zweimal in die Berge gehe und, wenn ich mein Studium beendet habe, eine riesige Herde Stiere hüten werde, mit denen ich immer wieder kämpfen und siegen muß, ich habe keine Zeit, mir Gedanken darüber zu machen, ob es ein Mann, eine Frau oder ein Kind ist, sie müssen mir nur gefallen und meine Begierde stacheln.

STUDENT 1 Ausgezeichnet! Und wenn ich mich in ein Krokodil verlieben will?

STUDENT 5 Dann verliebst du dich eben.

STUDENT 1 Und wenn ich mich in dich verlieben will?

STUDENT 5 *wirft ihm den Schuh zu:* Dann verliebst du dich eben auch, ich lasse dich und trage dich auf den Schultern die Felsen hinauf.

STUDENT 1 Und wir zerstören alles.

STUDENT 5 Die Dächer und die Familien.

STUDENT 1 Und wo man von Liebe spricht, treten wir mit Fußballstiefeln ein und schleudern Schlamm an die Spiegel.

STUDENT 5 Und wir verbrennen das Buch, aus dem die Priester die Messe lesen.

STUDENT 1 Gehen wir! Gehen wir bald!

STUDENT 5 Ich habe vierhundert Stiere. Mit den Hanfstricken, die mein Vater gedreht hat, koppeln wir sie an die Felsen, damit die sich spalten und ein Vulkan entsteht.

STUDENT 1 Freude! Freude der Jungen, und der Mädchen, und der Frösche, und der kleinen Holzklötze!

INSPIZIENT *erscheint:* Meine Herren, Vorlesung über darstellende Geometrie.

MANN 1 Agonie.

Halbdunkel auf der Bühne. Die Studenten knipsen ihre Laternen an und betreten die Universität.

INSPIZIENT *mürrisch:* Tun Sie den Fensterscheiben nichts zuleide.

STUDENT 5 *flieht mit Student 1 durch die Bögen:* Freude! Freude! Freude!

MANN 1 Agonie. Einsamkeit des Menschen im Schlaf voller Fahrstühle und Züge, wo du mit unfaßlicher Geschwindigkeit fährst. Einsamkeit der Gebäude, der Straßenecken, der Strände, wo du nie mehr auftauchen wirst.

DAME 1 *auf der Treppe:* Schon wieder dieselbe Dekoration? Es ist grauenhaft!

JUNGE 1 Irgendeine Tür wird die richtige sein!

DAME 2 Bitte, lassen Sie meine Hand nicht los!

JUNGE 1 Sobald es Tag wird, orientieren wir uns an den Dachfenstern.

DAME 3 Mir wird langsam kalt in diesem Kleid.

MANN 1 *mit schwacher Stimme:* Enrique, Enrique!

DAME 1 Was war das?

JUNGE 1 Still!

Die Bühne ist dunkel. Die Laterne des Jungen 1 beleuchtet das Gesicht des toten Mannes 1.

Vorhang.

Solo des dummen Hirten

Blauer Vorhang. In der Mitte ein großer Schrank voller weißer Masken mit verschiedenem Ausdruck. Vor jeder Maske ein kleines Licht. Der dumme Hirt kommt von rechts. Er ist in rohe Felle gekleidet und trägt auf dem Kopf einen Trichter voller Vogelfedern und Rädchen. Spielt einen Leierkasten und tanzt langsam dazu.

DER HIRT Der dumme Hirt, er hütet die Masken,
die Masken
der Bettler und der Poeten,
die da morden die Lämmergeier
sobald die fliegen über die Weiher.
Maske
der Kinder, die sich rammeln
und unter einem Pilz vergammeln.
Masken der Adler,
der Adler auf Krücken.
Maske der Maske
aus kretischem Gips, zum Entzücken,
die, als man Julia wollt ermorden,
zu lila Wolle ist geworden.
Rate, rätsle, rate mal,
ein Theater ohne Sperrsitze
und ein Himmel voller Stühle
mit der Leere einer Maske.
Blökt, Masken, blökt, blökt.

Die Masken blöken wie Schafe, und eine hustet.

Die Pferde fressen den Pilz
und verfaulen unter dem Wetterhahn.
Die Adler onanieren stramm
und suhlen sich unterm Kometen im Schlamm.
Und der Komet verschlingt den Lämmergeier,
der des Dichters Brust linierte.

Blökt, Masken blökt, blökt!
Europa reißt sich ab jede Zitze,
Asien steht da ohne Sperrsitze
und Amerika ist ein Krokodil,
das hat der Maske schon zuviel.

Das Musikchen, das Musiklein
der Stacheln und Stiche und der Feile
klein.

Schiebt den Schrank, der Räder hat, weg und verschwindet. Die Masken blöken.

Sechstes Bild

Dieselbe Dekoration wie im ersten Bild. Links liegt ein großer Pferdekopf am Boden. Rechts an der Wand ein riesiges Auge und eine Baumgruppe mit Wolken. Der Schauspieldirektor tritt zusammen mit dem Zauberkünstler auf. Der Zauberkünstler trägt einen Frack, einen weißen Umhang aus Atlasseide, der ihm bis zu den Füßen reicht, und einen Zylinder. Der Direktor trägt denselben Anzug wie im ersten Bild.

DIREKTOR Ein Zauberkünstler kann diese Angelegenheit nicht klären, auch kein Arzt, kein Astronom, niemand. Es ist sehr einfach, die Löwen loszulassen und dann Schwefel auf sie regnen zu lassen. Sprechen Sie nicht weiter!

ZAUBERKÜNSTLER Sie, ein Mann der Maske, scheinen vergessen zu haben, daß wir einen dunklen Vorhang benutzen.

DIREKTOR Wenn die Leute im Himmel sind; aber sagen Sie, was für einen Vorhang kann man an einem Ort benutzen, wo sie Luft so ungestüm ist, daß sie den Menschen die Kleider vom Leibe reißt, und selbst die Kinder kleine Klappmesser bei sich haben, um die Vorhänge aufzuschlitzen?

ZAUBERKÜNSTLER Natürlich setzt der Vorhang des Zauberkünstlers voraus, daß in der Dunkelheit des Tricks Ordnung herrscht, aber warum haben Sie auch eine triviale Tragödie gewählt und kein originelles Drama geschaffen?

DIREKTOR Um auszudrücken, was tagtäglich in allen großen Städten und auf dem Lande geschieht, und zwar anhand eines einmaligen Falles, der trotz seiner Originalität von allen akzeptiert wird. Ich hätte ebensogut Ödipus oder Othello wählen können. Hätte ich dagegen den Vorhang vor der originalen Wahrheit hochgehen lassen, wären die Zuschauer im Parkett von der ersten Szene an mit Blut befleckt worden.

ZAUBERKÜNSTLER Hätten Sie »Lieb-im-Müßiggang« benutzt, die Shakespeare in seiner Angst ironisch im »Sommernachtstraum« verwandt hat, wäre die Vorstellung wahrscheinlich ein Erfolg geworden. Wenn die Liebe reiner Zufall ist und Titania, die Elfenkönigin, sich in einen Esel verliebt, wäre es auch nichts Besonderes, wenn nach dem gleichen Verfahren Gonzalo in der »music hall« mit einem weißgekleideten Jungen auf den Knien zechen würde.

DIREKTOR Ich flehe Sie an, hören Sie endlich auf!

ZAUBERKÜNSTLER Machen Sie einen Bogen aus Draht, einen Vorhang und einen Baum mit frischen Blättern, ziehen Sie den Vorhang rechtzeitig auf und zu, und niemand wird sich wundern, daß der Baum sich in ein Schlangenei verwandelt. Aber Sie wollten die Taube ermorden und an ihrer Stelle einen Marmorbrocken voll geschwätzigem Speichel zurücklassen.

DIREKTOR Es war unmöglich, etwas anderes zu machen. Meine Freunde und ich haben den Tunnel unter dem Sand gegraben, ohne daß die Leute der Stadt etwas merkten. Viele Arbeiter und Studenten haben uns geholfen, auch wenn sie jetzt trotz der Wunden an den Händen leugnen, gearbeitet zu haben. Als wir das

Grab erreichten, haben wir den Vorhang hochgezogen.

ZAUBERKÜNSTLER Was für ein Theater kann schon aus einem Grab entstehen?

DIREKTOR Jedes Theater entsteht aus dumpfer Schwüle. Jedes wahre Theater hat einen penetranten Geruch nach verfaultem Mond. Wenn die Kostüme sprechen, sind die lebendigen Personen bereits Knochenknöpfe an den Mauern des Kreuzwegs. Ich habe den Tunnel gegraben, um die Kostüme an mich zu bringen und durch sie die Umrisse einer verborgenen Macht zu zeigen, andernfalls das Publikum gar nicht umhin könnte, ganz selig und von der Handlung unterjocht, zuzuhören.

ZAUBERKÜNSTLER Ich verwandle ohne die geringste Mühe eine Tintenflasche in eine abgehackte Hand voll alter Ringe.

DIREKTOR *ungehalten:* Aber das ist Lüge! Das ist Theater! Wenn ich drei Tage lang mit den Wurzeln und dem Platzregen gekämpft habe, so um das Theater zu zerstören.

ZAUBERKÜNSTLER Das wußte ich.

DIREKTOR Und zu demonstrieren, daß Romeo und Julia, wenn Sie mit dem Tode kämpfen und sterben, lächelnd wiedererwachen, sobald der Vorhang gefallen ist, wohingegen meine Personen den Vorhang verbrennen und in Gegenwart der Zuschauer wirklich sterben. Die Pferde, das Meer, das Heer der Gräser haben das verhindert. Doch eines Tages, wenn alle Theater niedergebrannt werden, wird man auf den Sofas, hinter den Spiegeln und in den Pokalen aus vergoldeter Pappe unsere Toten versammelt finden, die das Publikum dort eingesperrt hat. Man muß das Theater zerstören oder im Theater leben! Aus den Fenstern pfeifen gilt nicht! Und wenn die Hunde winseln, muß man kurzerhand den Vorhang hochziehen. Ich habe einmal einen Menschen gekannt, der kehrte sein Dach und putzte seine Dachfenster und Geländer, um dem Himmel schönzutun.

ZAUBERKÜNSTLER Wenn du eine Stufe höher steigst, wird dir der Mensch wie ein Grashalm vorkommen.

DIREKTOR Nicht wie ein Grashalm, aber wie ein Seefahrer.

ZAUBERKÜNSTLER Ich kann einen Seefahrer in eine Nähnadel verwandeln.

DIREKTOR Eben das macht man im Theater. Deshalb habe ich es gewagt, ein höchst verzwicktes poetisches Spiel zu schaffen, in der Hoffnung, daß die Liebe voller Ungestüm die Kostüme zerreißt und ihnen einen neuen Zuschnitt gibt.

ZAUBERKÜNSTLER Wenn Sie Liebe sagen, wundere ich mich.

DIREKTOR Sie wundern sich, worüber?

ZAUBERKÜNSTLER Ich sehe eine Sandlandschaft in einem trüben Spiegel.

DIREKTOR Und was noch?

ZAUBERKÜNSTLER Daß es nie recht Tag werden will.

DIREKTOR Das ist möglich.

ZAUBERKÜNSTLER *mürrisch, trommelt mit den Fingerspitzen auf den Pferdekopf:* Liebe.

DIREKTOR *setzt sich auf den Tisch:* Wenn Sie Liebe sagen, wundere ich mich.

ZAUBERKÜNSTLER Sie wundern sich, worüber?

DIREKTOR Ich sehe, wie jedes Sandkorn sich in eine höchst lebendige Ameise verwandelt.

ZAUBERKÜNSTLER Und was noch?

DIREKTOR Daß es alle fünf Minuten Nacht wird.

ZAUBERKÜNSTLER *blickt ihn starr an:* Das ist möglich.

Pause. Doch was kann man von Leuten erwarten, die das Theater unter dem Sand eröffnen? Machten Sie diese Tür auf, alles hier würde sich mit Fleischerhunden, Verrückten, Regen, scheußlichen Blättern und Kanalratten füllen. Wer ist je auf den Gedanken verfallen, man könne alle Türen eines Dramas aufbrechen?

DIREKTOR Alle Türen aufzubrechen ist die einzige Möglichkeit des Dramas, sich zu rechtfertigen, sieht es doch mit eigenen Augen, daß das Gesetz eine Mauer ist, die sich beim kleinsten Blutstropfen zersetzt. Mir ist der Moribund zuwider, der mit dem Finger eine Tür auf die Wand malt und beruhigt einschläft. Das wahre Drama ist ein Zirkus aus Bögen, wo die Luft, der Mond und die Lebewesen ein und aus gehen, ohne einen Platz zum Ausruhen zu haben. Sie befinden sich hier in einem Theater, wo man authentische Dramen aufgeführt hat und wo ein Kampf stattfand, der allen Darstellern das Leben gekostet hat. *Weint.*

DIENER *stürzt herein:* Herr Direktor.

DIREKTOR Was ist los?

Das Harlekinkostüm tritt ein und eine schwarzgekleidete Frau, das Gesicht mit einem so dichten Tüllschleier verhüllt, daß man es nicht sehen kann.

FRAU Wo ist mein Sohn?

DIREKTOR Welcher Sohn?

FRAU Mein Sohn Gonzalo.

DIREKTOR *ungehalten:* Als die Vorführung zu Ende war, ist er eiligst in die Versenkung der Bühne hinabgestiegen, mit diesem Jungen da, den Sie bei sich haben. Später hat ihn der Inspizient auf dem Himmelbett in der Requisitenkammer liegen sehen. Mich dürfen Sie nicht fragen. Heute liegt all das unter der Erde.

HARLEKINKOSTÜM *weinend:* Enrique.

FRAU Wo ist mein Sohn? Die Fischer brachten mir heute

morgen einen riesigen Mondfisch, der ganz blaß und verfault war, und riefen aus: Hier hast du deinen Sohn! Da dem Fisch unaufhörlich etwas Blut aus dem Maul rann, lachten die Kinder und malten damit ihre Schuhsohlen rot an. Als ich die Haustür schloß, hörte ich, wie die Marktleute ihn zum Meer hinunter schleppten.

HARLEKINKOSTÜM Zum Meer hinunter.

DIREKTOR Die Vorführung ist schon seit Stunden beendet, und ich trage für das, was geschehen ist, keine Verantwortung.

FRAU Ich werde Anzeige erstatten und öffentlich Gerechtigkeit fordern. *Will hinausgehen.*

ZAUBERKÜNSTLER Dort können Sie nicht hinaus.

FRAU Sie haben recht. Das Foyer ist völlig dunkel. *Will durch die Tür rechts hinausgehen.*

DIREKTOR Dort auch nicht. Sie würden aus den Dachfenstern fallen.

ZAUBERKÜNSTLER Wollen Sie die Güte haben, meine Dame, ich werde Sie hinausbegleiten. *Er nimmt seinen Umhang ab und umhüllt damit die Frau. Er macht zwei, drei beschwörende Gesten, zieht am Umhang, und die Frau ist verschwunden.*

Der Diener schubst das Harlekinkostüm links hinaus. Der Zauberkünstler zieht einen großen weißen Fächer hervor und beginnt sich zu fächeln, wobei er leise vor sich hin singt.

DIREKTOR Mir ist kalt.

ZAUBERKÜNSTLER Wie bitte?

DIREKTOR Ich sagte, mir ist kalt.

ZAUBERKÜNSTLER *sich fächelnd:* Ein schönes Wort: kalt.

DIREKTOR Vielen Dank für alles.

ZAUBERKÜNSTLER Nichts zu danken. Wegzaubern ist leicht. Schwer ist es, etwas herbeizuzaubern.

DIREKTOR Und etwas zu ersetzen noch viel schwerer.

DIENER *tritt ein:* Es ist etwas kalt. Soll ich die Heizung anmachen?

DIREKTOR Nein. Man muß alles aushalten, denn wir haben die Türen aufgebrochen und das Dach abgehoben, und jetzt bleiben uns nur noch die vier Wände des Dramas.

Der Diener geht durch die Mitteltür hinaus.

Aber das macht nichts. Noch ist weiches Gras zum Schlafen da.

ZAUBERKÜNSTLER Zum Schlafen!

DIREKTOR Letztlich heißt schlafen: säen.

DIENER Herr Direktor. Ich halte die Kälte nicht aus.

DIREKTOR Ich habe dir gesagt, daß wir sie aushalten müssen, wir dürfen uns nicht durch jeden Trick unterkriegen lassen. Tu deine Pflicht. *Der Direktor zieht sich die Handschuhe an und schlägt sich fröstelnd den Frackkragen hoch.*

Der Diener geht hinaus.

ZAUBERKÜNSTLER *sich fächelnd:* Aber ist Kälte denn was Schlimmes?

DIREKTOR *mit schwacher Stimme:* Kälte ist ein dramatisches Element wie jedes andere.

DIENER *erscheint zitternd an der Tür, die Hände über der Brust gekreuzt:* Herr Direktor!

DIREKTOR Was?

DIENER *fällt auf die Knie:* Das Publikum ist da.

DIREKTOR *schlägt mit dem Gesicht auf den Tisch:* Es soll hereinkommen!

Der Zauberkünstler sitzt neben dem Pferdekopf, pfeift und fächelt sich vergnügt. Die ganze linke Ecke der Dekoration teilt sich, und es erscheint ein Himmel mit länglichen Wolken, grell beleuchtet. Langsam und in Abständen regnet es weiße steife Handschuhe.

STIMME *draußen:* Herr Direktor.
STIMME *draußen:* Was.
STIMME *draußen:* Das Publikum.
STIMME *draußen:* Es soll hereinkommen.

Man hört die Stimme immer schwächer und entfernter. Der Zauberkünstler schwenkt den Fächer heftig durch die Luft. Es beginnen Schneeflocken auf die Bühne zu fallen.

Langsam senkt sich der Vorhang.

Komödie ohne Titel

Personen
(in der Reihenfolge ihres Erscheinens)

Autor · Zuschauer 1 · Stimme · Diener ·
Zuschauerin 1 · Junger Mann · Inspizient ·
Schauspielerin · Nik-Botton · Zuschauerin 2 ·
Zuschauer 2 · Schwarzgekleideter Mann ·
Holzfäller · Bühnenarbeiter · Arbeiter ·
Frau 1 · Zuschauer 3 ·
Zuschauerin 3 · Fee · Elf

(Grauer Vorhang)

AUTOR Meine Damen und Herren, ich lasse den Vorhang nicht hochgehen, um das Publikum mit einem Wortspiel zu erheitern oder mit einem Panorama, wo man ein Haus sieht, in dem nichts passiert, und worauf das Theater seine Scheinwerfer richtet, um zu unterhalten und euch glauben zu machen, *das* sei das Leben. Nein. Der Dichter, dessen fünf Sinne allesamt in bester Verfassung sind, wird euch heute abend nicht zu seiner Freude, sondern zu seinem Bedauern einen kleinen Zipfel der Wirklichkeit zeigen.

In aller Bescheidenheit möchte ich darauf hinweisen, daß nichts erfunden ist. Engel, Schatten, Stimmen, Leiern aus Traum und Schnee gibt es wirklich und fliegen unter euch umher, sie sind genauso wirklich wie die Wollust, das Kleingeld, das ihr in der Tasche habt, der latente Krebs im schönen Busen der Frau oder die müde Lippe des Kaufmanns.

Ihr kommt ins Theater mit dem einzigen Bedürfnis, euch zu vergnügen, und ihr habt Autoren, die ihr bezahlt, und das ist recht so; aber heute bringt euch der Dichter in eine Zwangslage, weil er es darauf abgesehen hat, eure Herzen zu bewegen, indem er die Dinge zeigt, die ihr nicht sehen wollt, und die simpelsten Wahrheiten herausschreit, die ihr nicht hören wollt.

Warum? Wenn ihr an Gott glaubt und ich an ihn glaube, warum fürchtet ihr dann den Tod? Und wenn ihr an den Tod glaubt, warum dann diese Grausamkeit, diese Gleichgültigkeit gegenüber dem furchtbaren Leid eurer Mitmenschen?

Hahaha! Ihr werdet sagen, das sei eine Predigt. Und wenn, ist eine Predigt denn was Häßliches? Fast alle, die mir zuhören, haben die Haustür hinter sich zugeschlagen, haben ihren Vater oder ihre Mutter verlassen, als diese sie zu ihrem Besten tadelten, und jetzt würden sie alles, selbst ihre Augen, dafür geben, die verklungenen sanften Stimmen wieder zu hören. Eben jetzt. Aber die Wirklichkeit sehen ist schwer. Und sie zeigen, noch viel schwerer. Man predigt in der Wüste. Aber sei's drum.

Zumal euch Städtern, die ihr in der armseligsten und traurigsten aller Phantasien lebt. Das einzige, was ihr tut, ist Mittel und Wege zu finden, um nichts zu empfinden. Wenn der Wind heult, spielt ihr elektrisches Klavier, um nicht zu verstehen, was er sagt; um den endlosen Strom von Tränen ringsumher nicht zu sehen, verhängt ihr die Fenster mit Spitzengardinen; um ruhig schlafen zu können und das ständige Zirpen des Gewissens zum Schweigen zu bringen, erfindet ihr die Armenhäuser.

Eine Predigt! Ja, eine Predigt! Warum sollen wir immer ins Theater gehen, um zu sehen, was geschieht, und nicht, was mit uns geschieht? Der Zuschauer ist zufrieden, weil er weiß, daß sich das Stück um ihn nicht kümmert; aber wie schön wäre es, wenn man ihn plötzlich von den Brettern aus anriefe und ihn zum Sprechen brächte und die Sonne der Bühne dem hinterhältigen Kerl in sein bleiches Gesicht schiene!

Nun beginnt die Wirklichkeit, denn der Autor möchte nicht, daß ihr euch im Theater fühlt, sondern mitten auf der Straße; und er will deshalb auch nicht Dichtung, Rhythmus, Literatur machen, sondern euren Herzen eine kleine Lektion erteilen, denn darum ist er ja Dichter, jedoch überaus bescheiden. Jeder kann das. Der Autor versteht Verse zu schreiben, meiner Meinung nach hat er recht gute geschrieben, und er ist kein schlechter Theatermann, aber gestern sagte er mir, jede Kunst wäre zur Hälfte Künstelei, die ihn jetzt störe, und er habe keine Lust, mit dem Duft weißer Lilien anzukommen oder mit der gewundenen Säule, die von goldenen Tauben beschmutzt ist. *Klatscht in die Hände.* Würden Sie mir eine Tasse Kaffee bringen?

Es fällt ein Vorhang, auf dem Häuser und Unrat gemalt sind. Pause.

Schön starken. *Er setzt sich. Man hört Geigen.* Der Geruch weißer Lilien ist angenehm, aber der Geruch des Meeres ist mir lieber. Ich könnte sagen, daß der Geruch des Meeres den Brüsten der Sirenen entströmt, und noch tausend andere Dinge, aber das wäre dem Meer einerlei, und es hört es auch nicht, es klatscht nur weiterhin an die Küsten in Erwartung neuer Ertrunkener, und das ist es, was den Menschen angeht. Doch wie soll man den Geruch des Meeres in einen Theatersaal bringen, oder wie überschwemmt man den Zuschauerraum mit Sternen?

ZUSCHAUER 1 *im Parkett:* Indem man das Dach abnimmt.

AUTOR Unterbrechen Sie mich nicht!

ZUSCHAUER 1 Ich habe ein Recht darauf. Ich habe meinen Platz bezahlt!

AUTOR Seinen Platz bezahlt zu haben, gibt einem noch nicht das Recht, den, der spricht, zu unterbrechen, und noch weniger, ein Urteil über das Stück zu fällen.

ZUSCHAUER 1 Durchaus.

AUTOR Mag es Ihnen gefallen oder nicht gefallen, applaudieren Sie oder lehnen Sie es ab, aber urteilen Sie nie.

ZUSCHAUER 1 Das einzige Gesetz des Theaters ist das Urteil des Zuschauers.

Ein Mann in rotem Trikot mit dem Kopf eines Wolfes läuft auf die Bühne. Er vollführt zwei Sprünge und schlägt mitten auf der Bühne hin.

AUTOR Wer ist da? Oh, Sie haben sich weh getan! Aber kommen Sie hier nicht wieder vorbei. Ich muß es Ihnen streng verbieten.

STIMME Lorenzo! Mein Lorenzo!

Der Wolf geht ab, angestrahlt und verfolgt von einem Scheinwerfer.

ZUSCHAUER 1 Miserabel!

AUTOR Haben Sie die Güte zu schweigen.

ZUSCHAUER 1 Ich habe bezahlt, um Theater zu sehen.

AUTOR Wie? Wie? Theater? Wir sind hier nicht im Theater.

ZUSCHAUER 1 Nein?

AUTOR *heftig:* Nein, mein Herr. Sie haben einfach nur Angst. Da sie mich kennen, wissen Sie, daß ich die Wände niederreißen will, damit wir die da draußen weinen oder morden oder mit fauligem Bauch schnarchen hören, Leute, die nicht einmal wissen, daß es das Theater gibt, und das entsetzt Sie. Gehen Sie doch! Zu Hause wartet die Lüge auf Sie, da haben Sie Ihren Tee, das Radio und eine Frau, die, wenn sie sich Ihnen hingibt, an den jungen Fußballspieler denkt, der in der Villa gegenüber wohnt.

ZUSCHAUER 1 Wenn wir nicht wären, wo wir sind, würde ich hinaufkommen und Sie ohrfeigen.

AUTOR Ich würde Ihnen die andere Backe hinhalten. Feigling.

DIENER Der Kaffee.

ZUSCHAUER 1 Ich habe ein zu enges Verhältnis zur Wirklichkeit, um mir etwas daraus zu machen.

AUTOR Hahaha! Der Wirklichkeit. Wissen Sie, was die Wirklichkeit ist? Hören Sie sie. Das Holz der Särge von allen, die sich hier im Saal befinden, ist schon zugeschnitten. Es gibt vier Särge, die hinter Fenstern auf vier Personen warten, die mir gerade zuhören, und es gibt vielleicht einen Sarg, vielleicht einen, der schon im Morgengrauen, kurz nachdem Sie diesen überaus lebendigen Ort verlassen haben, nicht mehr leer sein wird.

ZUSCHAUER 1 Ich bin nicht hergekommen, um Lektionen in Moral zu erhalten oder unangenehme Dinge zu hören. Sie können von Glück reden, daß wir in Spanien sind, einem Land, das sich für den Tod begeistert. In England hätte man Sie schon ausgepfiffen. Ich gehe jetzt. Ich hatte gedacht, ich wäre im Theater.

AUTOR Wir sind nicht im Theater. Denn man wird die Türen aufsprengen. Und wir alle werden gerettet. Hier drinnen herrscht ein fürchterliches Klima der Lüge, und die Personen in den Dramen sagen nur, was sie laut vor schwachen Damen aussprechen können, verschweigen aber wahres Leid. Deshalb will ich keine Schauspieler, sondern Männer und Frauen aus Fleisch und Blut, und wer nicht hören will, soll sich die Ohren zuhalten.

ZUSCHAUER 1 Gehen wir, Liebste. Dieser Mensch wird am Ende noch Obszönitäten sagen.

ZUSCHAUERIN 1 Ich möchte nicht gehen. Die Handlung interessiert mich.

AUTOR Sie wollen damit sagen, daß das Leben Sie interessiert. Das unglaubliche Leben, das es im Theater eben nicht gibt. Vor einigen Tagen konnte ich ein paar Freunden als Tränendrüsentest eine packende Szene vorführen, die Ihr Gatte nicht glauben würde. In einem kleinen Zimmer starb eine Frau vor Hunger. Ihre beiden ebenfalls hungrigen Kinder spielten zärtlich mit den Händen der Toten, als wären sie zwei gelbe Brote. Als die Nacht kam, entblößten die Kinder die Brüste der Toten und schliefen auf ihnen ein, nachdem sie eine Dose Schuhcreme gegessen hatten.

ZUSCHAUER 1 Wie übertrieben!

AUTOR Luis weiß, daß ich die reine Wahrheit sage.

ZUSCHAUER 1 So, jetzt gehen wir aber!

ZUSCHAUERIN 1 Stell dich doch nicht so an. Im Theater ist alles Lüge.

AUTOR Es ist keine Lüge! Es ist wahr!

ZUSCHAUERIN 1 Nun, wenn es wahr ist, dann gehen wir. Wie gräßlich! Wie widerwärtig!

ZUSCHAUER 1 *hinausgehend, zum Platzanweiser:* Rufen Sie mir ein Taxi!

ZUSCHAUERIN 1 Wie konntest du zulassen, daß man vor mir solche Dinge sagt! Es war wahr! Und warum hat man sie nicht sofort festgenommen?

ZUSCHAUER 1 Komm schon! Ich wußte doch, daß dir schlecht werden würde! *Gehen hinaus.*

JUNGER MANN *im Frack, im Parkett:* Wenn es so weitergeht, wird man ihn allein lassen.

AUTOR Oh! Sie waren hier?

JUNGER MANN Ja, Ihr Experiment interessiert mich sehr.

STIMME *drinnen:* Lorenzo! Mein Lorenzo!

AUTOR Sie gestatten. *Wendet sich dem Diener zu, der die Tasse Kaffee hält.*

JUNGER MANN Ich glaube, diese Leute werden ihn nicht gewähren lassen. Wie ist Theater doch so schön! Was werden Sie mit den Silberpokalen, mit den Hermelinpelzen tun? ... Diese Stimme, die zweimal zu hören war, bewegt mich viel mehr als die wahre Stimme der Todesangst ...

AUTOR All das ist aus dem Theater bereits verschwunden. *Zum Diener.* Warum bringen Sie so wenig Kaffee und so schlechten?

DIENER Ich habe ihn aus Versehen verschüttet. Es war völlig dunkel, und ich bin mit Fischern zusammengestoßen, die mit Bleifischen auf dem Kopf sangen.

Dann haben sich Schleier auf mich herabgesenkt, Schleier voller Fliegen, und ein alter Mann sagte mir, das sei Nebel. Ich bin sowas nicht gewohnt und habe es mit der Angst bekommen.

AUTOR Angst vor gemalten Dingen.

DIENER In meinem Café, da ist es hell.

AUTOR Und da erschreckst du dich nicht.

DIENER Nein, mein Herr.

AUTOR Kommen da viele Betrunkene hin?

DIENER Ja.

AUTOR Und reden?

DIENER Sie reden, was Betrunkene so reden. Gestern haben sie ein Kind und einen großen Truthahn mitgebracht, um zu sehen, wer zuerst betrunken sein würde. Dem Kind haben sie Cognac gegeben und dem Truthahn Anislikör mit Tabakkrümeln. Wir haben schrecklich gelacht. Das Kind war zuerst betrunken und ist mit dem Kopf gegen die Wände gerannt. Dem Truthahn haben sie dann mit einer Rasierklinge den Kopf abgeschnitten. Und haben ihn verspeist.

JUNGER MANN Da sehen Sie's. Diesem Jungen würden bei einer gut erzählten Liebesgeschichte die Tränen kommen. Man braucht das Theater! Sie werden scheitern!

AUTOR Warum hast du das nicht verhindert?

DIENER Ich muß freundlich sein zu den Gästen.

AUTOR Und du hast keine Angst gehabt?

DIENER *lacht:* Was soll ich vor einem Kind und einem Truthahn Angst haben? Als sie ihm den Kopf abschnitten, haben sie ihm in den offenen Schnabel noch ein Glas Anislikör gekippt. Sie brauchten fast eine halbe Stunde, weil die Rasierklinge stumpf war.

AUTOR Sei still!

DIENER Entsetzt Sie das? Da sollten Sie erst mal den Karneval sehen! Letztes Jahr kam ein Betrunkener und spielte Geige. Ich muß immer noch lachen, wenn ich daran denke. Wissen Sie, was das für eine Geige war? Eine rücklings auf ein Waschbrett gekreuzigte Katze, und der Bogen war ein großes Dornenbündel, und wenn er damit über das Tierchen fuhr, miaute es laut, und das diente als Musik für den Tanz zweier piekfein, ja, in Satin gekleideter Frauen; eine als Pierrot und die andere als Kolombine.

JUNGER MANN Singen Sie ihm ein rührseliges Lied vor, und Sie werden sehen, wie die Tränen kullern!

AUTOR Wollen Sie mich in Ruhe lassen?

JUNGER MANN Ich möchte Sie ja nur darauf aufmerksam machen. Die sich für intelligent halten, nennen das Barbarei, andere: Verirrungen, und drehen sich auf die andere Seite, um besser einschlafen zu können.

AUTOR Man muß sie wachrütteln und ihnen die Augen öffnen, auch wenn sie nicht wollen.

JUNGER MANN Wozu?

AUTOR Damit sie sehen.

JUNGER MANN Und Sie können sicher sein: eben aus dem Schlaf erwacht, mit den noch schlaffen Saiten eines konventionellen Bewußtseins, würde die Hälfte von ihnen das Dornenbündel haben wollen und mit Vergnügen auf dem gekreuzigten Tier herumkratzen.

DIENER Und sie täten sehr gut daran. Katzen sind gefährlich, kratzen Kinder und sind nicht treu.

AUTOR *zum jungen Mann:* Ich will niemanden bessern. Ich will nur, daß die Leute die Wahrheit sagen. Und der da sagt sie in aller Öffentlichkeit.

JUNGER MANN Zur Hälfte.

AUTOR Klar, denn noch ist sie schlecht beleuchtet. Man braucht Scheinwerfer, die so stark sind, daß sie das Herz derer, die reden, verbrennen und zerstören. *Zum Diener.* Sie können gehen.

Der Diener geht ab.

Wendet sich nach links. Nein! Ich hab gesagt, du sollst nicht hereinkommen. Ich will dich nicht sehen. Ich hab die Lügen satt!

DIENER *eintretend:* Mein Herr.

AUTOR Was?

DIENER Hätten Sie die Güte, den Angestellten zu sagen, sie sollen das Licht einschalten?

AUTOR Wozu?

DIENER Damit ich hinausfinde.

AUTOR Gehen Sie den Gang entlang, heben Sie links hinten den Vorhang hoch und durchqueren Sie den Raum für die Proben, dann gelangen Sie über eine Treppe auf die Straße.

DIENER Aber ...

AUTOR Los, gehen Sie!

DIENER Aber ich habe Angst. Ich muß über den Nebel springen, der auf dem Boden liegt, und außerdem hocken im Dachfenster zwei große Vögel.

AUTOR Man schalte das Licht an! ... Sie werden sehen, da ist nichts. Nur Schleier und bemalte Vorhänge.

DIENER Ja, ja, aber sie sehen echt aus.

AUTOR Und wenn sie das wären?

DIENER Ah! Wenn sie echt wären, dann bräuchte man nur auf sie zu schießen ...

JUNGER MANN Bravo! Natürlich! *Der Diener geht ab.*

Man hört drei starke Schläge und es fällt ein Vorhang, auf dem ein unwahrscheinlicher Palast gemalt ist.

INSPIZIENT *tritt ein:* Herr Regisseur, kommen Sie nicht zur Probe?

AUTOR Nein. Was wird denn geprobt?

INSPIZIENT »Ein Sommernachtstraum«.

AUTOR Die Leute können bei »Othello« weinen und bei »Der Widerspenstigen Zähmung« lachen, aber den

»Sommernachtstraum« verstehen sie nicht und lachen darüber. Trotzdem ist es besser, wenn sie nicht verstehen. Kennen Sie die Handlung dieses Stückes?

INSPIZIENT Ich bin nur ein Inspizient. Ich kann sie nicht so richtig wiedergeben.

AUTOR Es ist eine düstere Handlung.

INSPIZIENT Ich finde sie sehr lustig.

AUTOR Ist sie aber nicht. Alles in dem Stück ist darauf angelegt zu beweisen, daß die Liebe, welcher Art sie auch sei, ein Zufall ist und keineswegs von uns abhängt. Die Menschen schlafen, kommt der Elf Puck, läßt sie an einer Blume riechen, und beim Aufwachen verlieben sie sich in die erstbeste Person, die vorbeikommt, obgleich sie vor dem Schlaf jemand anderen liebten. So verliebt sich die Elfenkönigin Titania in einen Bauern mit einem Eselskopf. Das ist eine schreckliche Wahrheit, und eine vernichtende Wahrheit kann zum Selbstmord führen, aber die Welt braucht heute mehr denn je tröstliche, erhebende Wahrheiten. Nicht an sich selbst soll man denken, sondern an die anderen. Ich gehe nicht zur Probe.

INSPIZIENT Wie sollen wir den Wind nachmachen, der in der Waldszene wehen muß?

AUTOR Wie ihr wollt. Indem ihr mit geschlossenem Mund singt. Laß mich in Frieden. Es ist das letzte Mal, daß ich ein Theater betrete.

SCHAUSPIELERIN *tritt als Titania gekleidet auf:* Lorenzo! Lorenzo! Warum kommst du nicht? Ich kann ohne dich nicht arbeiten. Wenn ich mir nicht den Sonnenaufgang ansehe, den ich so liebe, und nicht barfuß durchs Gras laufe, so nur, um dir zu folgen und bei dir in diesem Keller zu sein.

AUTOR *schroff:* Wo hast du diesen Satz gelernt? In welchem Stück sprichst du ihn?

SCHAUSPIELERIN In keinem. Ich sage ihn zum ersten Mal.

AUTOR Du lügst. Wenn der Körper, den du hast, dir gehörte, würde ich dich peitschen, um zu sehen, ob du die Wahrheit gesagt hast.

SCHAUSPIELERIN Lorenzo.

AUTOR Du bildest dir ein, weil du als Titania gekleidet bist, wirst du mich bezirzen, aber du irrst. Morgen wirst du dich als Bettlerin kleiden oder als »grande dame«, und ein andermal wirst du die Schlange in der Fabel irgendeines verlogenen Dichters sein.

SCHAUSPIELERIN Ich weiß nur, daß ich dich liebe. Ich möchte, daß du mich peitschst, damit du siehst, wie meine Haut rosa wird; ich möchte, daß du mir einen Stichel in die Brust stößt, damit du einen Blutstrahl herausschießen siehst. Hahaha! Und wenn du Blut magst, trinkst du's und gibst mir ein bißchen davon ab.

AUTOR Du lügst!

SCHAUSPIELERIN Klar! Ich lüge! *Umarmt ihn.* Ich bin hier allein, und trotzdem trägst du mich in jedem Auge anders und ganz klein. Wenn der Schnee vor dem Feuer flieht, wie kannst du deine kalten Zähne in dieser Glut deiner Lippen tragen? Ich lüge! Ich wollte, du wärest einer von diesen grauen Hengsten, die bei Tagesanbruch in der Dunkelheit der Ställe die Stuten aufsuchen. Nein, nein.

AUTOR Laß mich!

SCHAUSPIELERIN Hahaha! Du bist ein Bär. Du glaubst nichts von all dem, was ich sage? So erdrücke mich doch, und du wirst sehen, wie ich an deiner behaarten Brust sterbe. Gestern noch mochte ich seidige nackte Haut. Jetzt mag ich Roßhaar, schmutzige Vororte und die Hütte des Schäfers.

AUTOR Glaub nicht, daß ich dich mitnehme, weil du

diese Neigungen hast. Ich werde es nicht dulden. Ich gehe ja nur fort, um vor dir zu fliehen, vor deiner Gesellschaft, vor deiner Unstetigkeit.

SCHAUSPIELERIN Kann ich denn keine häßliche Frau sein, wie du sie suchst, eine Aussätzige, und dich begleiten? Ja. Du gehörst mir. Ach, wolltest du doch begreifen, wie gern ich mit dir in einem Krankenhaus sterben würde!

AUTOR Du würdest mir nie die Wahrheit sagen.

SCHAUSPIELERIN Auch sonst niemand. Aber ich würde dir die schönste Lüge vorsingen. Ich mag zwar auch die Wahrheit – nur für eine Minute, die Wahrheit ist häßlich –, doch wenn ich sie sage, wirft man mich aus dem Theater. Ich habe Lust, mich ans Publikum zu wenden und ihm in der lyrischsten Szene plötzlich ein Schimpfwort zuzuschreien, das allerschmutzigste, hahaha. Aber ich liebe meine Smaragde, und die würde man mir wegnehmen.

AUTOR *wütend:* Raus hier! Raus!

SCHAUSPIELERIN Ach, du willst mich wirklich peitschen? Ich weiß schon, du magst Titania nicht. Sie ist eine Elfe, und Elfen gibt es nicht. Aber Lady Macbeth, die ja. *Sie nimmt die weiße Perücke ab und läßt ihr schwarzes Haar im Winde wallen. Legt einen langen weißen Umhang ab und zeigt sich in einem feuerroten Kleid.*

Der Vorhang im Hintergrund geht hoch und es erscheint ein anderer, auf dem ein düsteres Kloster aus Naturstein mit Zypressen und phantastischen Bäumen gemalt ist.

Lady Macbeth, ja, und außerdem fürchtest du dich jetzt vor mir.

Das Licht wird langsam zu blauem Mondlicht.

Weil ich schön bin, weil ich ewig lebe, weil ich von Blut gesättigt bin. Gesättigt von echtem Blut! Über dreitausend Jünglinge sind, von meinen Augen verbrannt, im Laufe der Zeit gestorben. Jünglinge, die lebten, und die ich in ihren Betten vor Liebe dahinschmachten sah.

AUTOR In welchem Buch hast du diese Passage gelesen? Du bist nur eine Schauspielerin, eine verachtenswerte Schauspielerin!

SCHAUSPIELERIN Eine Komödiantin, die sich nach dir verzehrt, Lorenzo! Die dich anfleht, sie nicht zu verlassen.

AUTOR *schreit:* Mehr Licht, bitte, und ziehen Sie diese Vorhänge hoch!

SCHAUSPIELERIN Jawohl. Rotes Licht, rotes Licht, damit man meine Hände voller Blut sieht. Man hat Mondlicht gemacht, ich möchte dir die Schlußszene vorspielen.

Rotes Licht.

AUTOR *zu den Beleuchtern:* Haben Sie mich verstanden?

SCHAUSPIELERIN Ruhe! Du wirst gar nicht anders können als mich lieben. Das Blut, das auf die Erde fließt, wird zu Schlamm. Was geht es mich an, wenn die Soldaten sterben? Aber wenn es in den Kelch einer Hyazinthe fließt, verwandelt es sich in den köstlichsten Wein.

Man hört Schüsse.

AUTOR Was ist los? Schalten Sie volles Licht ein! Beleuchten Sie das Foyer!

Nik-Botton überquert die Bühne mit dem Eselskopf in der Hand.

NIK-BOTTON Es ist entsetzlich! Kommen Sie! Drinnen werden wir sicher sein!

Man hört die Schüsse näher.

ZUSCHAUERIN 2 *sitzt mitten im Parkett:* Gehen wir! Ich hab Angst, die Kinder sind allein zuhaus!

ZUSCHAUER 2 Die Straßen müssen vom Militär gesperrt sein, man würde uns nicht durchlassen.

INSPIZIENT *auf der Bühne:* Sie scheinen näherzukommen. Das ganze Foyer ist voller Menschen.

STIMME Es lebe die Revolution!

Die Schauspielerin hat sich rasch einen Regenmantel übergezogen und ihr Haar unter einem grauen Filzhut verborgen.

SCHAUSPIELERIN Schließen Sie die Türen, schließen Sie zu!

AUTOR Man soll sie öffnen! Das Theater gehört allen! Es ist die Schule des Volkes!

SCHAUSPIELERIN Nein, hier kommen sie nicht herein. Sie werden das herrliche Tafelgeschirr zertrümmern, die Buchattrappen, den Spiegel aus feinstem Glas. Sie werden Zaubertränke wegschütten, die man jahrhundertelang aufbewahrt hat, und sie werden die Regenmaschine kaputtmachen.

AUTOR Sie sollen alles zertrümmern.

SCHAUSPIELERIN Geliebter, sie werden die Bühne unbrauchbar machen!

AUTOR *zum Inspizienten:* Ich habe gesagt, man soll die Türen öffnen. Ich will nicht, daß echtes Blut an den Wänden der Lüge vergossen wird.

INSPIZIENT Gut, wie Sie befehlen. Aber die Ökonomie? Was wird mit der Ökonomie des Theaters?

AUTOR *wütend:* Was meinen Sie mit Ökonomie?

INSPIZIENT Das ist ein Mysterium, an das ich glaube und das alle vernünftigen Menschen respektieren.

AUTOR Zum Teufel mit der Ökonomie! Hören Sie? Hören Sie?

INSPIZIENT *zitternd:* Ja. Geben Sie mir bitte etwas Watte, damit ich mir die Ohren zustopfe!

AUTOR Es ist ein Rauschen des lebendigen Blutes!

SCHAUSPIELERIN Guck nicht hinaus, Lorenzo! Eine Kugel könnte dich töten!

AUTOR *sarkastisch:* Wo bleibt Lady Macbeth?

SCHAUSPIELERIN Lady Macbeth kann nicht sprechen, wenn eine Brandung von Kugeln die Rosen in den Gärten niederstreckt.

SCHWARZGEKLEIDETER MANN *tritt ein:* Sie haben recht. Schießpulver tötet die Poesie.

AUTOR Oder rettet sie!

MANN Hart durchgreifen! Hart durchgreifen! Machen wir eine große Rose aus Rebellenköpfen! Schmücken wir die Fassaden, die Laternen, die Säulengänge tausendjähriger Baukunst mit Girlanden aus Zungen, die das Bestehende zerstören wollen.

Ein Holzfäller mit ganz weißem Gesicht tritt auf. Er hat ein Reisigbündel auf der Schulter und eine Laterne in der Hand.

HOLZFÄLLER Die Aufständischen scheinen sich zurückzuziehen.

MANN Jawohl! Man muß sie besiegen!

AUTOR Wer sind Sie?

MANN Ich. Der Besitzer des Theaters. Hart durchgreifen! Das Gute, Wahre und Schöne müssen heute ein Gewehr in den Händen halten.

HOLZFÄLLER Sehr richtig!

AUTOR Warum sagst du sehr richtig? Wieviel verdienst du?

HOLZFÄLLER Ein paar Münzen. Genug fürs Brot. Aber das einzige, was ich will, ist, daß man mich in Ruhe meine Rolle spielen läßt.

> Eine Narde kann Stern oder Schnee sein.
> Der Nachthimmel ein zerrissenes Tuch.
> Zirpe die Zikade oder sause der Wind,
> wichtig allein ist der Augen Schlaf.

AUTOR Was für eine Rolle spielst du?

HOLZFÄLLER Ich bin Shakespeares Mond.

AUTOR Aber nicht hier!

HOLZFÄLLER Immer. Versuch mich zu begraben, und du wirst sehen, wie ich wieder hervorkomme!

Man hört zwei Kanonenschüsse.

INSPIZIENT *tritt ein:* Die Truppen greifen jetzt auf dem großen Platz an.

Geht ab. Zuschauerin 2 und Zuschauer 2, die vorher im Parkett saßen, treten auf.

ZUSCHAUERIN 2 Das ist die Revolution, Enrique. Die Revolution!

ZUSCHAUER 2 Besteht Gefahr, daß die Kugeln hier einschlagen?

HOLZFÄLLER Nicht im geringsten, aber dort werden Sie sicherer sein. Schlimm wird es nur, wenn Flugzeuge kommen! Aber mir ist das letzten Endes egal. Das sagt schon meine Rolle.

Die Luft ist meinem Oktobermond
weder Vogel noch Pfeil noch Seufzer.
Die Menschen werden schlafen. Das Gras stirbt.
Nur das Silber meines Ringes lebt!
Du, der du unter Wasser bist, bleib immer dort!
Die feuchten *Vergißmeinnicht* frieren.
Obgleich das Blut die Dächer färbt,
wird es nicht den Glanz meines Gewands
beflecken.

Weinend. Es ist ein schönes Lied, das sie mich vielleicht nie mehr singen lassen werden!

ZUSCHAUERIN 2 Was sagen Sie?

NIK-BOTTON *tritt ein:* Ich habe vier Flugzeuge gesehen!

ZUSCHAUERIN 2 Ach, meine Kinder! Meine Kinder! Sicher stürmen sie das Haus, und da sie mit der Gouvernante und den Dienern allein sind, werden sie sie umbringen!

STIMME *in der ersten Reihe des Olymp:* Die Arbeiter

haben sowas nie getan und werden es auch nie tun!

ZUSCHAUER 2 *zum Publikum:* Sie haben es getan!

AUTOR *zum Zuschauer 2:* Sie lügen!

ZUSCHAUER 2 In einer Revolution vor vielen Jahren haben sie dreihundert Kindern die Augen ausgerissen, darunter einigen Säuglingen.

AUTOR Wer hat Ihnen das erzählt? Welcher infame Mensch hat seine Zunge mit diesem Alptraum besudelt? Antworten Sie!

ZUSCHAUER 2 Mäßigen Sie sich und sprechen Sie mit Anstand, wie es sich für einen Herrn gebührt.

AUTOR Ich bin kein Herr und will auch keiner sein. Ich bin ein Moribund Gottes.

ZUSCHAUER 2 Schnickschnack.

ZUSCHAUERIN 2 *ängstlich an ihren Mann sich klammernd:* Enrique! Enrique!

ZUSCHAUER 2 Ich weiß es ganz genau. Ein befreundeter Journalist war Zeuge der Tat, ein großer Journalist! Und als Beweis brachte er zwei lebendige blaue Augen mit, die er in einem Lackkästchen jedermann zeigte.

INSPIZIENT *tritt ein:* Gleich werden die Flugzeuge mit dem Bombardement beginnen!

ZUSCHAUERIN 2 Meine Kinder! Ach, meine Kinderchen! *Zum Autor.* Vor allem der Kleine, der kann ohne mich nicht sein. Er ist blond und kommt mich jeden Morgen mit einem englischen Lied wecken. Er kann ohne mich nicht sein!

ZUSCHAUER 2 Wenn die Nacht kommt, wird sie ihm fehlen, denn trotz ihres Standes zieht sie selbst ihn aus!

ZUSCHAUERIN 2 Und sie werden sie umbringen, mein Gott, sie werden sie umbringen!

BÜHNENARBEITER *tritt aus dem Dunkel:* Haben Sie keine Angst, gnädige Frau. Ich werde hingehen. Ich werde den Kugeln ausweichen und ihnen sagen, daß Sie in Sicherheit sind.

AUTOR Du willst hinausgehen?

BÜHNENARBEITER Ja.

AUTOR Ich werde aus der Dachluke schauen.

SCHAUSPIELERIN *von hinten:* Lorenzo! Setz dich keiner Gefahr aus! Halte die Gefahr von deinem wunderbaren Talent fern! *Tritt hinten ab.*

BÜHNENARBEITER Wenn ich sehe, daß keine Gefahr besteht, bringe ich sie zu Ihnen. Sie sind Eltern, ich kann Ihre Angst verstehen. Wenn das so weitergeht, dann ist der Keller des Theaters der sicherste Ort in der Stadt.

ZUSCHAUERIN 2 Ja, gehen Sie, gehen Sie!

BÜHNENARBEITER Machen Sie sich keine Sorgen. *Geht.*

ZUSCHAUERIN 2 Wer ist der Mann?

HOLZFÄLLER Ein Kulissenschieber.

ZUSCHAUER 2 Wie heißt er?

HOLZFÄLLER Seine Kollegen nennen ihn »der verrückte Bakunin«.

ZUSCHAUERIN 2 Wir müssen ihm helfen. Ich würde ihm alles geben, was ich habe. Warum hast du nach seinem Namen gefragt?

ZUSCHAUER 2 Darum. *Beiseite.* Um ihn später anzuzeigen. *Schreibt in ein Notizbuch.*

Man hört den Beginn des Bombardements. Alle drücken sich schweigend an die Wand. Der Autor ist eine Treppe hinaufgestiegen, und man sieht ihn nicht.

STIMME *vom Olymp:* Schuft!

ZUSCHAUER 2 Du bist im Dunkel, aber ich werde das Dunkel ausleuchten und dich in Ketten legen. Ich gehöre zum Heer Gottes und kann auf Seine Hilfe zählen. Wenn ich sterbe, werde ich Ihn in Seiner Herrlichkeit schauen, und Er wird mich lieben. Mein Gott verzeiht nicht. Er ist der Gott der Armeen, dem man unbedingt Ehrfurcht bezeigen muß, denn es gibt keine andere Wahrheit.

HOLZFÄLLER Pressen Sie sich gegen die Wand, schützen Sie sich! Wir sind mitten im Bombenangriff.

ZUSCHAUER 2 Ich habe keine Angst. Gott ist mit mir!

STIMME Ich glaube nicht an deinen Gott!

ZUSCHAUER 2 Weiß ich, aber Unkraut rottet man so aus! *Holt eine Taschenlampe hervor und richtet sie auf den Olymp, der beleuchtet wird.*

ARBEITER *im Monteuranzug, hebt die Arme:* Genossen!

Im ganzen Theater wird es hell.

ZUSCHAUER 2 *kalt:* Ah! Ein stattlicher Bursche! *Zieht eine Pistole und schießt. Der Arbeiter stürzt mit einem Schrei zu Boden.*

FRAU 1 Er hat ihn erschossen!

FRAU 2 Mörder! Mörder!

ZUSCHAUER 2 Die Platzanweiser sollen diese Leute, die die Vorführung stören, hinauswerfen! *Macht die Taschenlampe aus, und der ganze Saal ist wieder dunkel.* Ein schöner Fang. Gott wird es mir danken. Gepriesen sei Er in Seiner allerheiligsten Rache. Es gibt nur einen einzigen Gott!

JUNGER MANN *im Parkett, laut auflachend:* Einen einzigen Gott, klar, und Mohammed ist sein Prophet! Warum schießen Sie nicht auf mich? Da wir mitten in der Revolution sind, wird Ihnen nichts passieren.

ZUSCHAUER 2 Mit Juden und anderen Finsterlingen muß man vorsichtiger sein.

JUNGER MANN Mit Verlaub. Ich bin kein Jude. Ich bin Mohammedaner.

ZUSCHAUER 2 Haben Sie keine Angst vor dem Bombardement?

JUNGER MANN Weniger als Sie. Ich möchte gern sterben,

um eine Million Konkubinen zu haben. Die Frauen hier sind teuer.

ZUSCHAUER 2 *blickt erst zur einen und dann zur anderen Seite, bevor er zu sprechen beginnt:* Sehr teuer, aber der Tag wird kommen, und ich glaube, er ist nah, da wir sie so billig bekommen wie früher. Meine Vorfahren hatten sie paarweise.

JUNGER MANN Glückliche Zeiten! Übrigens gratuliere ich Ihnen, ich sehe, Sie sind ein großartiger Schütze!

ZUSCHAUER 2 Ich hatte einen deutschen Leutnant als Lehrer, der alle Kriege in Afrika mitgemacht hat. Sein einziges Ziel war der Mensch. Einen Vogel zu töten, fand er abscheulich.

JUNGER MANN *senkt die Stimme:* War ein großartiger Schuß. Ging er ins Herz?

ZUSCHAUER 2 Hätte ich das Herz getroffen, hätte er einen Luftsprung gemacht; er ist hintübergefallen, ohne den Mund aufzutun. Es traf ihn mitten in die Stirn.

Großer Lärm eines Bombardements dringt auf die Bühne.

ZUSCHAUERIN 2 Enrique, Enrique. Komm hierher. Schnell. Bitte.

ZUSCHAUER 2 Es besteht doch keine Gefahr! *Geht zu seiner Frau.*

Das Bombardement wird stärker. Lichter in allen Farben beleuchten die Bühne. Im Hintergrund überquert die Bühne eine Gruppe von Personen in Feen- und Elfenkostümen, die einen Verwundeten tragen.

ZUSCHAUER 3 Ein guter Treffer. Ah, Sie waren dabei?

JUNGER MANN Ja! Ich denke wie Sie ... laut.

ZUSCHAUER 3 Nicht leise.

JUNGER MANN Leise bin ich ganz Ihrer Meinung, aber ich halte mich da lieber heraus. Ich bin kein Freund der Hochjagd. Jetzt, wo wir beide wissen ...

ZUSCHAUER 3 Still!

JUNGER MANN Ich werde Sie nicht verraten. Ich schweige lieber.

Heftiges Bombardement setzt ein.

BÜHNENARBEITER *kommt herein:* Alle in den Keller; ist ein sicherer Ort. In den Keller!

Ein Vorhang fällt herab, auf dem eine Mauer aus großen Quadersteinen gemalt ist.

ZUSCHAUERIN 3 Meine Kinder, meine Kinder, meine kleinen Kinder!

HOLZFÄLLER Dicht an die Wände!

Eine Gruppe von Feen und Elfen, die einen verwundeten Arbeiter tragen, überquert die Bühne.

FEE Er ist aus einer Dachluke gestürzt.

ELF Wickenblüte, stütz ihm den Kopf.

ARBEITER *sterbend:* Es lebe die Revolution!

FEE Wir bringen ihn in die Garderobe.

ELF Gib mir ein Taschentuch!

FEE Schnell! Rasch! *Treten ab.*

ZUSCHAUERIN 2 Meine Kinder! Meine Kinder!

SCHAUSPIELERIN Ich kann es nicht mehr hören, wie falsch sie schreit. Ihre Stimme klingt so unnatürlich, daß sie einem wirklich nicht zu Herzen geht. Nicht so, sondern so: Meine Kinder, meine Kinder, meine kleinen Kinder! Haben Sie gehört? Meine kleinen Kinder! Und die Hände vorgestreckt, mit einem Zittern, als wären sie zwei Blätter in einem fieberheißen Wind.

BÜHNENARBEITER *tritt ein:* Das Volk hat die Türen aufgebrochen!

Zuschauer 2 will seine Pistole ziehen, seine Frau hält ihn zurück.

AUTOR *tritt ein:* Hierher, hierher! Sagt die Wahrheit über die alten Bühnen. Erdolcht die alten Diebe des Öls und des Brotes. Der Regen soll die Schnürboden durchnässen und die Bemalung der Soffitten abwaschen.

STIMME Das Feuer!

STIMME *weiter entfernt:* Das Feuer!

AUTOR *hinausgehend:* Und das Feuer!

Das Theater wird rot beleuchtet.

SCHAUSPIELERIN *tritt ein, laut:* Lorenzo! *Leise und zitternd:* Lorenzo!

(Vorhang)

Lorca, Shakespeare und *Das Publikum*

> Wegzaubern ist leicht. Schwer ist es, etwas herbeizuzaubern.

Rivalität als Spektakel

In keinem modernen spanischen Drama wird soviel gerungen wie in Lorcas 1930 entstandenem Theaterexperiment *Das Publikum*. Anders als bei seinen Generationsgenossen Brecht und Buñuel, die beide den Kampfsport liebten, hat dies jedoch mit Körperkult wenig zu tun. Lorcas Figuren ringen um Identität.

Das Publikum ist ein Spiel vom Theaterspielen – der Autor selbst hielt es für unaufführbar. Dichterisch ausgearbeitete Szenenanweisungen lassen darauf schließen, daß es sich um ein Lesedrama handelt. Es besteht aus »Bildern«; eine Einteilung, die eine zerlegte, stillgestellte Handlung andeutet. Lorca setzt den Theatervorhang ein wie sein Intimfeind Buñuel den Filmschnitt, das heißt gewaltsam: »... wir benutzen den dunklen Vorhang«, bemerkt treffend der Zauberkünstler, einer der zwielichtigen Todesboten des Stücks.

Ein anderer »dunkler Vorhang«, der nämlich, den Franco und die Seinen auf Spanien und damit auch auf Lorcas Leben niedergehen ließen, bestimmte die Geschichte des vorliegenden Textes. Das einzig erhaltene Manuskript des Stücks ist ein selbst für Lorcas Verhältnisse höchst unfertiger Entwurf, zum Teil hastig auf das Briefpapier eines kubanischen Hotels gekritzelt. Der Dichter hatte es kurz vor seiner Ermordung einem Freund übergeben – mit der strengen Auflage, es zu vernichten, sollte ihm etwas zustoßen. Der Freund dachte gar nicht daran, hielt das Manuskript 40 Jahre lang zurück und veröffentlichte es 1976, pünktlich nach Francos Tod. Die Handschrift enthält fünf »Bilder«, deren Zählung das Fehlen eines mysteriösen 4. Aktes nahelegt oder nahelegen soll. Man hat spekuliert, ein anderes, als »Komödie ohne Titel« bekanntes Fragment (der Titel stammt nicht von Lorca) stelle jenen verlorenen Akt dar. Tatsächlich sind die beiden Projekte so eng miteinander verwandt, daß es schwerfällt, »Komödie ohne Titel« als eigenständig zu betrachten. Am ehesten wohl handelt es sich um eine Weiterentwicklung bestimmter Züge des Hauptentwurfs, die der Autor vielleicht selbst als Sackgasse erkannte und aufgab.

Gegenstand von Lorcas *Publikum* ist das Scheitern einer Aufführung von Shakespeares *Romeo und Julia*, die allerdings den Blicken der Zuschauer im wesentlichen entzogen ist. Ausgelöst wird die Krise durch erotische Tabubrüche in dieser unsichtbaren Aufführung, vor allem die Darstellung der Liebeshandlung durch zwei männliche Schauspieler. Leitfigur der sichtbaren Handlung von Lorcas Stück ist der Direktor, Regisseur und Theaterunternehmer in einem. Um ihn schart sich eine Gruppe typisierter Figuren, vor allem die drei (identischen) »Männer«; dazu kommen mehrere leibhaftige Theater-Zitate wie Shakespeares »Julia« und die Christusfigur eines beliebigen Passionsspiels; schließlich fünf Pferde sowie eine Reihe körperloser »Kostüme«. Letztere sind bloße Zerfallsprodukte, gesichtslose Abspaltungen der Männer und des Direktors. Der große Gegenspieler im Stück ist das Publikum, prinzipiell abwesend, im Hintergrund drohend und allenfalls durch einzelne Repräsentanten auf der Bühne vertreten (die dadurch freilich in Gegensatz zum Publikum treten, Akteure werden). Auf diesem Paradox fußt Lorcas Spiel: »Das Publikum auf die Bühne bringen« hieße eine Grenze überschreiten, auf deren Nichtüberschreitung Theater grundsätzlich beruht.

Alle Figuren leiden unter akutem Mangel an Identität, sind nur als Gattungswesen oder gar mehrfach in gleicher Ausführung vorhanden. Auch »Helena« und »Julia«, die beiden einzigen Namen auf der Personenliste des Stücks, sind keine Eigennamen, benennen vielmehr zwei Gestalt gewordene Klischees von Weiblichkeit. Zumal Julia erscheint derart schlafwandlerisch, ja bewußtlos, daß sie sich von den körperlosen Kostümen nur graduell unterscheidet. Wichtigster Ausdruck des Identitätsmangels ist der dauernde Gestalt- und Geschlechtswandel, der die drei Männer und den Direktor überrollt. Dargestellt wird er als Taschenspielertrick mittels einer spanischen Wand. Diesen Verwandlungen entspricht eine ständige Verschiebung des Begehrens, das zwischen den vier (anfangs) männlichen Figuren und den beiden weiblichen Schemen in einer Art Eifersuchtsreigen hin und her wandert. Alle Liebesverhältnisse sind zugleich Täter-Opfer-Beziehungen und als solche stets umkehrbar: die sadistische und die masochistische Rolle können jederzeit vertauscht werden. Keine Position ist dauerhaft. Jene Kontinuität von Stimme, Gesicht und Willen, die man üblicherweise »Person« nennt, existiert kaum ansatzweise. An ihre Stelle tritt ein träumerisches Kontinuum der Rede, das Vorrang hat vor den einzelnen Stimmen. Satz und Gegensatz ergeben sich auseinander nach einer Logik, die nicht die des Konfliktes zweier Personen ist, sondern die der Assoziation. *Wer* spricht, ist zweitrangig.

Der Schauplatz des Stücks ist vielfältig, phantasmagorisch. Lorca legt Wert auf die Verschmelzung einander ausschließender Raumvorstellungen wie »überirdisch und unterirdisch«, »außen und innen«. Auch die Grenze zwischen Körperinnerem und Außenraum wird verwischt;

dies geschieht schon in der ersten Bühnenanweisung: »Die Fenster sind Röntgenbilder.« Diese Verunsicherung erreicht ihren Höhepunkt im klinischen Operations-Theater des fünften Bildes. Wo in der deutschen Version vom »Operationssaal« die Rede ist, schreibt Lorca *quirófano*: Das ist eigentlich der Anatomiesaal, in dem ein chirurgischer Eingriff öffentlich vorgeführt, das Eindringen ins Körperinnere theatralisch ausgestellt wird. Eine gewisse Orientierung bieten dem Leser allenfalls jene Räume, in denen das »Theater-vom-Theater« zu spielen pflegt: das Büro des Direktors im ersten und letzen Bild, ein Theaterfoyer im fünften. Einen wichtigen Fingerzeig gibt das Bühnenbild, das mitten im dritten Bild erscheint: Julias Grab in Verona, herbeizitiert aus dem fünften Akt von Shakespeares *Romeo und Julia*.

Die um die Figur des Direktors geknüpfte Handlung gehorcht zwei Impulsen, dem dramatischen und dem erotischen. Beide überkreuzen sich in dem Wunsch, ein Theater der homosexuellen Liebe zu inszenieren. Dagegen arbeitet das Bedürfnis, die erotischen Antriebe zu verbergen. Doch selbst als verborgenes ist das Begehren in diesem Drama wesentlich theatralisch. Es hängt ab von der jeweiligen Konstellation der Rivalen, Spiegelbilder und Doppelgänger auf der Bühne. Zwei Überschreitungen führen die Krise herbei: der Durchbruch verdrängter Impulse und der Einbruch des Publikums. Gerahmt wird die Handlung durch die Angst vor den Zuschauern. Damit sucht Lorca den unsichtbaren Zensor ins Rampenlicht zu zwingen, der etwa im Shakespeareschen Theater sicherstellte, daß die Verunsicherung der sexuellen Norm nur als Metapher vorkam (wie im *Sommernachtstraum*) oder aber eine vorübergehende dramatische Verwicklung blieb (wie in *Was ihr wollt*). Das Publikum, dieser anonyme, auf der Bühne nie sichtbare Zensor, steht bei

Lorca am Anfang – um es herauszufordern, wird überhaupt gespielt; und es steht am Ende – seine erfolgreiche Herausforderung beendet das Spiel mit einer Katastrophe. Die Ankündigung dessen, was im Theater nicht sein kann – Auftritt des Pubklikums –, eröffnet und schließt das Drama.

An Stelle des angekündigten erscheint aber ein anderes Phantasiegebilde: Vier Pferde brechen ins Büro des Direktors ein und setzen die Handlung in Gang. Im ersten Bild gelingt es zunächst, sie auszutreiben, sie kehren aber im dritten Bild zurück und lassen das begonnene Drama um Julia bis zum gewaltsamen Ende eskalieren. Der Text bietet selbst eine Unterscheidung an, mit deren Hilfe er gelesen werden will: »Freilichttheater« und »Theater unter dem Sand«. Verstehen kann man diese Entgegensetzung eines sichtbaren und eines verborgenen Schauplatzes als Versuch, Theater zu konstruieren wie einen Traum. Die Analogie zum Traum bringt das Drama freilich in Schwierigkeiten. Das »Freilichttheater« trägt alle Züge zensierender Bearbeitung, es wird als höchst konventionelle Veranstaltung verworfen. Das »Theater unter dem Sand« dagegen kann selbst nie erscheinen, es ist nur erschließbar aus den Wirkungen, die es im sichtbaren Schauplatz zeitigt: Verwirrung der Raum- und Zeitordnung und der Identität aller handelnden Personen. Darüber hinaus erscheint das verborgene Theater rückblickend in den Berichten einzelner Figuren. In den Text sind Indizien eingestreut, die auf den Übergang zwischen beiden »Theatern« schließen lassen und zugleich die Stellen markieren, wo verborgenes Geschehen ausgespart wurde.

Rivalität – die Rivalität von Figuren, die sich bis zur Ununterscheidbarkeit gleichen – spielt eine Hauptrolle in der Handlung des Stücks. Aus solcher Gleichheit der Personen entsteht zwischen ihnen jener fatale identifikatorische Sog, den man »Einflußangst« nennt. In Lorcas Stück wird die Krise der Identitäten zum Spektakel. Diese Krise erscheint in dreierlei Gestalt. Erstens als gewalttätiges Geschehen zwischen Rivalen, das ständig die Identität der Figuren untergräbt; zweitens als Zusammenbruch der dramatischen Darstellung selbst; Lorcas Stück rüttelt an einem Fundament des traditionellen Theaters: der Überzeugung, auf der Bühne werde stellvertretend für das Publikum gehandelt und gelitten – mit heilsamer, reinigender Rückwirkung auf die Zuschauer. Lorcas Handlung jedoch kulminiert im mörderischen Übergriff des Publikums auf die Bühne – einer durchaus »unreinen« Katastrophe. Ein Stück, in dem das Verhältnis zwischen Schauspielern und Zuschauern derart gestört ist, daß das Publikum im Titel erscheint, hätte nach traditioneller Vorstellung allemal seinen Zweck verfehlt. Drittens schließlich ist *Das Publikum* als Ganzes von einer Rivalität gezeichnet: der literarischen Auseinandersetzung zwischen einem nicht mehr ganz namenlosen spanischen Dramatiker und einer europäischen Institution – Shakespeare. Diese literarische Rivalität aber bildet den Schlüssel zum Verständnis des viel umrätselten und wohl auch viel belächelten Textes.

Was aber hat Shakespeare, was haben vor allem seine frühen Stücke *Romeo und Julia* und *Der Sommernachtstraum* auf Lorcas Bühne verloren? Historisch gerechter wäre eine andere Frage: Warum hat Shakespeare vor Lorca so wenig auf der spanischen Bühne verloren? Befragt man die spanische Literatur bis weit in die Moderne hinein nach »ihrem« Shakespeare, so wird man immer wieder auf eine Lücke stoßen. Das heißt nicht, daß Lear, Othello oder Macbeth in Spanien kein Publikum und keine Leser gefunden hätten. Anders als in anderen europäischen Literaturen scheinen jedoch wenig Texte von

Bedeutung unter dem oder gegen den Einfluß Shakespeares zu entstehen. Die erste verläßliche Gesamtübersetzung (Luis Astrana Marín) erscheint erst ab 1920, und man wird bis zu prominenten Anglophilen wie Ortega, Juan Ramón Jiménez oder Luis Cernuda warten müssen, um auf so etwas wie eine Shakespeare-Kultur zu stoßen. Lorca fand somit Dramen wie *Romeo und Julia* oder den *Sommernachtstraum* (die er wohl nur in Übersetzung las) nicht nur als brisantes, sondern auch als unbewältigtes Material vor. Damit erhält sein *Publikum*, in dem eine lebenslange Heimsuchung durch Shakespeare kulminiert, eine Bedeutung, die nur ein Text von Ausnahmequalität zu tragen imstande wäre; derjenige Lorcas steht im Feld des modernen spanischen Dramas recht allein da mit seinem Anspruch, die Bürde zu schultern und eine Auseinandersetzung zu beginnen, die nie stattfand. Durch *Das Publikum* hindurch zeichnet sich ein anderes Drama ab: ein Konflikt zwischen Lorca und Shakespeare, eine Rivalität, die zwar nur geisterhaft ausgetragen werden kann, in der jedoch für den Nachgeborenen alles auf dem Spiel steht.

Krisentheater

Hätte Lorca *Das Publikum* zur Aufführung gebracht, es wäre sein erstes offenes Wort zur homosexuellen Liebe, aber auch zu sadomasochistischen und analerotischen Praktiken gewesen. Beschreibt man das Stück als ›Theater der Homosexualität‹, ist allerdings über das Geschehen auf der Bühne noch nicht allzuviel gesagt. Was ins Auge springt, ist zunächst ein eigentümlich mimetischer Trieb, der einer gewaltsamen Lösung zustrebt: Begehren und Rivalität sind nicht voneinander zu trennen, ja, die

Rivalität hat Vorrang; sie entscheidet darüber, wer wen liebt. Die Liebesbeziehung wird dadurch äußerst instabil, denn das Begehrte ist nichts als ein Medium, in dem die Rivalität zum Austrag kommt. Beide Rivalen sind besessen – aber nicht von dem, was sie lieben, sondern voneinander; von ihrer Ähnlichkeit und dem Mangel an Differenz zwischen ihnen. Es geht für beide um ihre ständig durch Verschmelzung mit dem anderen bedrohte Identität. Die Verschmelzung aber ruft Gewalt hervor. Einer der beiden Doppelgänger muß vernichtet werden, nur so scheint es dem anderen noch möglich, sich zu unterscheiden, Identität zu retten.

Shakespeares Formel für dieses rivalistische Begehren steht im *Sommernachtstraum*: »Love by another's eyes« – »O Tod! Mit fremdem Aug' den Liebsten wählen!« Lorcas Version im *Publikum* lautet: »Deine Liebe lebt nur vor Zeugen.« Eine geläufige Ausprägung dieses Begehrens ist die Eifersucht, der theatralischste aller Affekte. Sigmund Freud beschreibt die Eifersucht als zwiespältige Beziehung: Der ursprüngliche Rivale kann zum Gegenstand der Liebe, das ursprüngliche Liebesobjekt dadurch zum Rivalen werden. Die Rivalen verhalten sich spiegelbildlich. Gerade wo ihr Haß aufeinander am stärksten ist, verbirgt er, als seine Kehrseite, die narzißtische Liebe zum gleichen. Im *Sommernachtstraum* und anderswo spielt Shakespeare diese Zweideutigkeit der Eifersucht unermüdlich durch. Von seinen erotisch-eifersüchtigen Wechselspielen hat Lorca im *Publikum* gelernt: Seine Doppelgänger-Erotik schlägt jederzeit in tödlichen Haß um, andererseits sind seine »Kämpfe« jederzeit auch Geschlechtsakte:

MANN 1 *ringend*: Ich liebe dich.
DIREKTOR *ringend*: Ich bespucke dich.

JULIA Sie kämpfen miteinander!
RAPPE Sie lieben sich.

Um das Geschehen zur Krise zu treiben, konstruiert Lorca spiegelsymmetrische Dialoge, in denen die Position des Sprechers von vornherein darüber entscheidet, was er sagt (nämlich das Gegenteil dessen, was sein *alter ego* sagt). Die Bedeutung des Spiegelbildlichen wird im *Publikum* ständig vor Augen geführt; am deutlichsten im fünften Bild, wo Lorcas Gekreuzigter und sein 1. Mann in einem symmetrischen Aufbau ausgestellt, gleichsam am Spiegel gekreuzigt werden: Noch die gewalttätigsten Riten gehorchen dem Doppelgängerprinzip.

Die unübersehbare Gewalttätigkeit des Stücks paßt wenig zur herrschenden erbaulichen Deutung, die *Das Publikum* als Versuch liest, unter der schwankenden Oberfläche der Maskerade das wahre Wesen einer Person um so triumphaler zur Geltung zu bringen. Diese Wahrheit wird, wie üblich, in der Liebe gesucht. Einen metaphysischen Gegensatz zwischen »Maske« und »wahrem Wesen« wird man in Lorcas Stück jedoch vergeblich suchen. Seine Personen sind nichts weiter als eine Serie von Masken. Auch im Begehren finden sie nicht ihre Einheit, sondern das Gegenteil: »Nicht eine Begierde; alle Begierden.«

Es gibt ein Stück von Shakespeare, das eine solche Krise der Identität, der Eifersucht und der rivalisierenden Doppelgängerei schwindelerregend durchspielt: der scheinbar so leichte *Sommernachtstraum*. Während Lorcas »Komödie ohne Titel« voller Anspielungen auf den *Traum* steckt, bekennt sich *Das Publikum* nur zu *Romeo und Julia*; doch auch für dieses Stück ist Shakespeares Sommernachtskomödie von größter Bedeutung. Nicht zuletzt ihr folkloristischer Rahmen machte sie für Lorca attraktiv: das entfesselte Treiben der Johannisnacht, eine umfassende »Krise der Unterschiede« (René Girard), in der alle realen Differenzen durcheinanderkommen, Traum, Wahn und Wachen sich vermischen, Menschen an Elfen und Elfen an Menschen geraten, das Unterste zuoberst gekehrt wird, *midsummer madness* um sich greift. Zeichen des Umbruchs ist die Verwandlung, Zeichen des Unterscheidungsnotstands die Verschmelzung des Verschiedenen: der Auftritt des Monstrums auf dem Höhepunkt der Nacht, der verhexte »Zettel« mit dem Eselskopf.

Lorcas *Publikum* hingegen beginnt bereits mit dem Einbruch des Monströsen: Es nimmt, mit deutlichem Bezug auf Shakespeares *Sommernachtstraum*, in Gestalt von vier sprechenden Pferden sofort die Bühne ein. Unablässig arbeitet die Sprache des Stücks an der Verwischung von Grenzen, der Verschmelzung des Verschiedenen: »Romeo kann ein Vogel sein und Julia ein Stein. Romeo kann ein Salzkorn sein und Julia eine Landkarte ...« Im sechsten Bild erscheint das Monströse in Gestalt des »Mondfischs«, der als Symbol geschlechtlicher Ambivalenz buchstäblich herbeigezerrt wird (»Mond« und »Fisch« stehen in diesem nicht allzu eleganten Bilderrätsel für das weibliche beziehungsweise männliche Genital). Die Krise der Unterschiede erfaßt auch die Sprachzeichen, bringt die Buchstaben (spiegelbildlich) durcheinander: »Abscheulich« – »Scheuablich«.

Ihren Höhepunkt erreicht die Krise, wenn die Grenze zwischen Bühne und Außenwelt erschüttert wird. Lorca nennt diesen Moment »die Öffnung der Türen«: »Machten Sie diese Tür auf, alles hier würde sich mit Fleischerhunden, Verrückten, Regen, scheußlichen Blättern und Kanalratten füllen.« Auf diesen Augenblick richtet sich die gesamte Entgrenzungsangst. Mit Recht, denn es ist der Augenblick der Gewalt: Übernahme des Theaters durch den Publikums-Mob, Lynchmord an den Schauspielern. Triebkraft derartiger Programme zur Überschreitung der Grenzen des Theaters dürfte der Wunsch sein, auf der Bühne möge *wirklich* gelitten, gestorben werden. Andere Motive für den Versuch, die Schranke zwischen Bühne und Wirklichkeit zu durchbrechen, wirken im Vergleich dazu vorgeschoben. Im *Publikum*, wie auch in der »Komödie ohne Titel« (wo die »Revolution« über die Bühne hereinbricht), spürt man eine aggressive Lust, Schauspieler umzubringen und Zuschauermengen in Panik davonzujagen. An der »Komödie« kann man aber auch beobachten, wie der Versuch ins Gegenteil umschlägt: Die Trennung, auf der Theater beruht, wird nicht zerstört, sie wird bestätigt. Die Bühnenwelt ist abgeschlossener, die Außenwelt ferner denn je. Nur ein Popanz der »Realität«, der »Gesellschaft selbst«, durfte eine Weile über die Bühne toben – aber nur im Spiel, versteht sich.

Shakespeares Schatten (1)

Die Romantiker hätten keinen Anstoß daran genommen, Shakespeare als den Erfinder jener Sprache zu bezeichnen, in der moderne Subjekte über sich selbst sprechen. Auch der junge Lorca schreibt, in einem seiner ersten Gedichtentwürfe, die Entdeckung des seelischen Innenraums Shakespeare zu: »Wir leben alle in dem dunklen Wald / den Shakespeare sich erdachte.« Dieser »Wald« ist der des *Sommernachtstraums*. Auf den Neunzehnjährigen wirkt die Shakespeare-Lektüre als Offenbarung einer uneingeschränkt modernen Rede von sich selbst. Zugleich erlaubt ihm der Anschluß an dieses Vorbild, den

Skandal des Begehrens als ein Wahrnehmungsproblem zu tarnen. Shakespeare kreuzt in seinem *Traum*, nicht zuletzt aus dramaturgischen Gründen, Wahrnehmungsschwierigkeiten und Liebesnöte. Die skandalöse Wandelbarkeit der Zuneigung, die dauernd die Identität seiner Figuren bedroht, wird als Verwirrung der Wahrnehmung dargestellt. Das Begehren aller Personen ist unfrei, es wird gelenkt durch den dämonischen Liebeszauber der Elfen. Aus dieser ersten Shakespeare-Lektüre ergeben sich für Lorca zwei Leitsätze: »Ein schrecklicher Zufall ist die Liebe«, steht im eben zitierten Gedicht – »Es gibt nichts als Masken«, heißt es im *Publikum*. Beide Sätze zusammen bilden die Regel für das Verwirrspiel des Stücks.

Romeo und Julia und *Der Sommernachtstraum*, die beiden Dramen, die Lorca faszinierten, sind nicht nur fast gleichzeitig entstanden, sie ergänzen einander: Der *Traum* gibt die komische, *Romeo und Julia* die tragische Lösung des gleichen Konflikts. In beiden Fällen stehen eine verbotene Liebe und eine erzwungene Hochzeit im Zentrum des Geschehens. Die Verflechtung wird dadurch noch enger, daß die tragische Urfassung dieses Konflikts, die Geschichte von Pyramus und Thisbe, als Farce in die komische Variante eingearbeitet ist – als Spiel-im-Spiel in Gestalt von Zettels Laientheater. Lorcas Reaktion auf Shakespeare ist einseitig, aber intensiv; es sind vor allem zwei Akte, die in seinem Drama wiederkehren, die jeweiligen Schlußakte der beiden englischen Stücke. Im Fall des *Sommernachtstraums* ist dies eine höfische Maskerade, deren Publikum mit auf der Bühne steht: die Theateraufführung am Hof des Herzogs von Athen. Im Fall von *Romeo und Julia* ist es ein langes Todesritual. Erstere hat die Form von Lorcas *Publikum* beeinflußt, letzteres bestimmt die Handlung.

Den dramatischen Kern von *Romeo und Julia* bildet

ein Todes-Spiel, die Simulation von Julias Ableben, »ein Ding wie Tod«. Auch diese Intrige ist ein Spiel-im-Spiel. Die Ironie der Handlung besteht darin, daß Julias fingierter Tod kein Spiel bleibt, sondern eine Handlungskette in Gang setzt, an deren Ende er Wirklichkeit wird. Wie es sich für ein Todesspiel gehört, findet die letzte große Krise von *Romeo und Julia* auf oder im Grab statt: der tödliche Zweikampf zwischen den Rivalen Paris und Romeo und die darauf folgenden Selbstmorde der beiden Liebenden. Das Grab wird zur Bühne. Das erotische Tête-à-tête zwischen Romeo und Julia ist, nach Shakespeares Metaphorik zu schließen, eigentlich eine Dreiecksbeziehung – mit dem Tod als Dritten, als Rivalen Romeos und Liebhaber Julias. Die Gleichsetzung von Hochzeits- und Totenbett ist das Bild, auf dem das Drama aufbaut:

ROMEO: ... Soll ich glauben,
Der körperlose Tod entbrenn' in Liebe,
Und der verhaßte, hagre Unhold halte
Als seine Buhle hier im Dunkeln dich?

Aus Eifersucht auf den Tod entschließt sich Romeo zum Selbstmord. Die abschließende Grab-Szene zerstört die Grenzen zwischen Hochzeit und Begräbnis, Nekrophilie und Trauer, Gewalt gegen andere und Gewalt gegen sich selbst. Triebkraft solcher Vermengung ist die Rivalität mit dem Tod. Enger als in dieser Sterbeszene können Begehren und Aggression nicht verflochten sein: Julias Liebe tötet Romeo, Romeos Liebe Julia.

Das Herzstück von *Publikum* und zugleich der Höhepunkt einer lebenslangen Auseinandersetzung mit Shakespeare ist das dritte Bild des Stücks, in dem Lorca versucht, den horrenden Schlußakt von *Romeo und Julia* zu überbieten. Dieses dritte Bild von Lorcas Stück wird üblicherweise auf eine andere Szene aus *Romeo und Julia* bezogen, nämlich den berühmten Abschied mit Nachtigall und Lerche (III, 5).[1] Lorcas Bühnenbild zeigt jedoch deutlich genug, daß er den Schlußakt meint. Die dort inszenierte grimmige Verwechslung von Liebeslager und Totenbett sucht er zu übertreffen. Während Shakespeare nur das Finale seiner Liebestragödie als Grab-Theater angelegt hat, behaupten Lorcas Protagonisten von Anfang an, ihr Theater sei ein Grab. Lorcas Julia befindet sich, anders als diejenige Shakespeares, nicht in einem Tiefschlaf, der Tod nur *scheint*, sondern in einem somnambulen Zwischenzustand, der den Unterschied zwischen Schlaf und Tod nicht mehr kennt. Shakespeares Meisterstück, der Kampf der Rivalen auf dem Grab der Geliebten, wird bei Lorca einerseits zitiert als unsichtbarer »Tumult«, der auf der Bühne nur zu hören ist, andererseits parodiert durch den Auftritt einer Reihe kaum voneinander unterschiedener Konkurrenten, die Julia zu Leibe rücken: die drei Schimmel mit ejakulierenden Zauberstäben, der 3. Mann mit einer absurden Romeo-Maske. Schließlich läßt sich Lorca durch Shakespeares ständige metaphorische Vertauschung vom Tod und Bräutigam dazu verleiten, der Phantasie Gestalt zu geben und eine leibhaftige Todesfigur auftreten zu lassen: den Rappen, das als Freier Julias schließlich den Sieg über die Rivalen davonträgt.

Auch beim *Sommernachtstraum* macht Lorcas *Publikum* gewisse Anleihen. Die wichtigste betrifft den Liebeszauber, der demonstrativ als Klischee, als abgenutztes

1 In Lorcas Manuskript ist auf dem Höhepunkt des dritten Bildes eine Lücke gelassen, die seit der Erstausgabe alle Editionen (auch die vorliegende) treuherzig mit einem Zitat aus der Abschiedsszene von *Romeo und Julia* ausgefüllt haben, obwohl der Autor am Rand lediglich vermerkt, *daß* er hier ein Shakespeare-Zitat vorsieht – es gibt keinen Hinweis darauf, daß die Abschiedsszene gemeint war.

Symbol für die unkontrollierbare Zufälligkeit der Liebe eingeführt wird: »Eine giftige Blume«, die aus der Liebesapotheke des *Traums* stammt, zugleich aber an die Todespharmaka von *Romeo und Julia* erinnert. Aus Shakespeares Sommernachtskomödie übernimmt Lorca jedoch vor allem ein Prinzip: das Zufallsspiel des Begehrens zwischen kaum unterschiedenen Partnern. Das mechanische Hin und Her des Männerquartetts im *Publikum* entspricht dem Verwirrspiel der vier Athener Adligen in Shakespeares Elfenwald. Stimuliert durch elfischen Liebeszauber kommt es dort zu einem rivalistischen Reigen der Zu- und Abneigung zwischen zwei Männern und zwei Frauen. Letztere wurden nach zeitgenössischer Bühnenkonvention von Knaben gespielt. Dieses entfesselte Karussell der Spiegelungen, Verdopplungen und Umkehrungen bedroht die Identität aller Beteiligten: »Bin ich nicht Hermia? Seid Ihr nicht Lysander?«

Lorcas noch viel weniger gegeneinander abgegrenzte Figuren stellen den Verlust der Identität drastisch dar. Im Moment der Verwandlung spalten sie eine leere Hülle ab, die anschließend als körperlose Puppe über die Bühne taumelt – jede ihrer Verwandlungen ist in Wahrheit Selbstspaltung und fordert ein Opfer. Am Shakespeareschen Liebesreigen interessiert Lorca vor allem die Verunsicherung der Geschlechterrolle. Shakespeares Metaphernspiel riskierte des öfteren, den Geschlechtsunterschied in Frage zu stellen; schon der liebesblöde Romeo erschien als geschlechtliches Monstrum: »Entartet Weib in äußrer Mannesart, / Entstelltes Tier in beide nur verstellt ...« Lorca sucht solche Metaphern wörtlich zu nehmen und das skandalisierte Geschlecht zum Zentrum der dramatischen Handlung zu machen.

Um Lorcas Umgang mit Shakespeare zu beschreiben, genügt es nicht, Übereinstimmungen aufzulisten. Wo er ihn direkt zitiert, arbeitet er eher an der Abwehr von Shakespeares Einfluß, denn solche Zitate (die Nachtigall, der Liebeszauber) betreiben stets die Zurichtung des Vorgängers zum Klischee, zum harmlosen, frei verfügbaren Versatzstück; keine dieser Verbeugungen, die nicht zugleich eine Aggression enthielte. Die Frage ist nicht so sehr, was Lorca übernimmt, als vielmehr, wie er sich gegen Übernahme wehrt.

Sein Dilemma liegt darin, daß das dichte Gefüge der Variationen bei Shakespeare einer Wiederaufnahme, die mehr wäre als ein Abklatsch, eigentlich keinen Platz läßt. Shakespeare schöpft die Möglichkeiten des Konflikts (»verbotene Liebe gegen elterliches Gebot«) voll aus: tragisch in *Romeo und Julia*, komisch im *Sommernachtstraum*. Zugleich spiegelt er diese Zweideutigkeit, indem er die tragische Variante als Farce ins Innere der komischen einbaut. Zwischen Komödie, Tragödie und Farce bleibt für Lorcas »Romeo und Julia« kein Raum mehr. Nur eine Lücke ist ihm gelassen: die Farce in die Tragödie hineinzunehmen. Genau dies tut Lorca. Er setzt eine farcenhafte »Julia« nebst einigen Figuren, die sich um die Rolle Romeos bewerben, als Spiel-im-Spiel in eine Handlung ein, die man wohl als Tragödie bezeichnen kann, denn sie häuft Opfer auf Opfer und endet katastrophal. Diese Tragödie findet statt zwischen Schauspielern und Publikum. Die böse Masse der Zuschauer übernimmt dabei den Part, den bei Shakespeare die Familie innehatte; sie verbietet zu lieben, wen man lieben möchte.

Lorcas Anverwandlung läuft darauf hinaus, das Spiel-im-Spiel umzustülpen. Dessen Inneres wird nach außen gekehrt; das »Theaterspiel«, das im *Sommernachtstraum* die Binnenhandlung bildete, wird zur Rahmenhandlung. Außerdem setzt Lorca Teile der beiden Shakespeare-Dramen für das Ganze. Sein Schauplatz wird gänzlich bestimmt von dem, was bei Shakespeare jeweils den fünften Akt bildete: das Spiel vor Publikum (*Traum*) und das Grab als Bühne (*Romeo und Julia*). Um sich zwischen Komödie und Tragödie Platz zu schaffen, wertet Lorca schließlich die Gefühle um. Die mechanische Verschiebung der Zuneigung, die im *Sommernachtstraum* stets im Lachen aufgehoben war, wird im *Publikum* tragisch genommen. Das Resultat, eine Kreuzung von Mechanik und Tragik, wirkt monströs.

Ähnlich wie mit der Struktur der beiden englischen Dramen verfährt Lorca auch mit ihrer Bildersprache; er stülpt sie um. Eine Möglichkeit, die Autorität fremder Rede anzuerkennen und zugleich zurückzuweisen, liegt darin, sie beim Wort zu nehmen – sie etwa mit dem Gestus der Entlarvung »vom Kopf auf die Füße zu stellen«. In diesem Sinn übersetzt *Das Publikum* Shakespeares rhetorische Verunsicherung der Geschlechterrolle in eine Serie von »tatsächlichen« Geschlechts-Verwandlungen. Ähnliches versucht Lorca mit der Todesmetaphorik von *Romeo und Julia*, jener allgegenwärtigen sprachlichen Verwechslung von Tod und Bräutigam, Brautbett und Totenbett. *Das Publikum* müht sich verzweifelt, diese Zweideutigkeit leibhaftig in Szene zu setzen, Liebesakt und Tod einander anzunähern, bis sie verschmelzen.

Shakespeare wörtlich nehmen, das könnte auch heißen, seine Darstellung des Todes aus dem theatralischen Rahmen zu lösen – nicht nur den Tod Julias zu mimen, sondern auch den Tod des Schauspielers zu erwirken, der hinter Julias Maske verborgen war. Das hieße eine Tendenz zu Ende führen, die bei Shakespeare, in der Verunsicherung der Grenze zwischen Spiel und Nicht-Spiel, bereits angelegt ist. Diese Verunsicherung soll ausgedehnt werden auf eine Grenze, deren Überschreitung dem Theater nicht gegeben ist – die zwischen Figur und Schauspieler. Darum wird in Lorcas fünftem Bild vom Lynchmord des Publikums an den Schauspielern berichtet. Hier geht es nicht zuletzt um den Wunsch, Shakespeares Katastrophe an Drastik zu überbieten. Ein kindlicher Wunsch, der nach den Gesetzen des Mediums unerfüllt bleiben muß. Statt dessen wird das Spiel um Fiktion und Wirklichkeit weitergetrieben, dessen Regeln das Vorbild diktierte. Shakespeare behält die Fäden in der Hand.

Nicht nur dem Autor des *Sommernachtstraums* weiß sich Lorca verpflichtet. *Das Publikum* steckt auch voller Anleihen aus typisierenden oder allegorischen Theatertraditionen. Lorca bedient sich aus dem katholischen Passionsspiel, der Commedia dell'arte und der barocken Allegorie des Welttheaters. Namentlich auf *Das große Welttheater*, das klassische Fronleichnamsspiel des Barockdramatikers Calderón, kann man Lorcas *Publikum* beziehen. Sein Direktor ist ein entfernter, heruntergekommener Verwandter von Calderóns göttlichem »Autor«, sein Publikum aber hat einen Vorläufer in Calderóns »Welt« – jener Figur, die im geistlichen Spiel um Sünde und Erlösung den Part des Publikums übernimmt. Im fünften Bild von Lorcas Stück wird die allegorische Bauweise nachgerade aufdringlich in Szene gesetzt, der 1. Mann nun wirklich für alle sichtbar mit der Figur des Gekreuzigten verknüpft. Der Auftritt der *mater dolorosa* im sechsten Bild vervollständigt die Passionsgruppe. Gewisse Blasphemien verstärken nur den Weihrauchduft, der dieses erotische Martyrium umweht. Die von Shakespeare ererbte Liebespassion scheint auf dem besten Weg, katholisch zu werden.

Als allegorisches Drama schließt *Das Publikum* wieder an eine spanischen Tradition an: ein sicherer Weg, die Auseinandersetzung mit Shakespeare – das heißt vor allem mit dessen einflußreichen, die Geschichte des europäischen Dramas überragenden Charakteren – zu umgehen. Zu übermächtigen Vorbildern wurden Shakespeares Gestalten dadurch, daß sie den Eindruck rücksichtsloser Individualität zu erwecken verstanden. Die Allegorie nun arbeitet gerade der Darstellung von Individualität entgegen. Dramatische Allegorien sind Begriffe, die auf der Bühne agieren. Sie wollen entziffert, nicht anerkannt werden. Auch diejenigen unter Lorcas Figuren, die für sich Individualität fordern, ja sogar ihre aus einem versunkenen Vorleben gerettete Eigennamen mit auf die Bühne bringen (Gonzalo, Enrique), auch diese Figuren lassen durchblicken, daß sie aus Begriffen hervorgegangen sind. Lorcas Auswahl aus Shakespeares Werk spricht für sich: Zumal der *Sommernachtstraum* entfaltet eine Welt schwach voneinander abgesetzter Gestalten, deren Schemenhaftigkeit das schwindelerregende Spiel der Verwandlungen und Positionswechsel erst ermöglicht. Die deutlicher umrissenen, komischen Charaktere (Zettel) haben dagegen keinen Gegenpart auf Lorcas Bühne.

Ein anderer Weg, Shakespeare zu umgehen, ist die Wendung zu Freud. Es liegt nahe, *Das Publikum* als Abschrift eines Traumes zu betrachten. Auch darin verläßt Lorca Shakespeares Einflußbereich zunächst nicht, denn der Witz des Sommernachts*traums* lag ja eben darin, die Grenze zwischen Wachen und Träumen zu verwischen: »Ich hatte 'nen Traum – 's geht über Menschenwitz, zu sagen, was es für ein Traum war.« An »Zettels Traum« fehlt allenfalls eines, er hat keine Deutung: »Der Mensch ist nur ein Esel, wenn er sich einfallen läßt, diesen Traum auszulegen.« Das stört im übrigen nicht, niemand vermißt die Analyse, die uns Shakespeare vorenthält. Lorca jedoch schreibt seinen Traum im Zeitalter Freuds; er sucht zum Traum die unbewußte Bedeutung gleich mitzuliefern. Darauf weist jedenfalls die Unterscheidung zwischen »Freilichttheater« und »Theater unterm Sand«, welches letztere durch unterirdische Wühlarbeit und plötzliche Ausbrüche das erste erschüttern soll. Freud, der den Traum als den »anderen Schauplatz« bezeichnet hatte, soll offenbar wörtlich, das heißt, dramatisch genommen werden. Nimmt man diesen Bezug ernst, so wird man eingestehen, daß Lorca sich eine unmögliche Aufgabe gestellt hat: Freud begreift den Traum ja keineswegs einfach als »Äußerung des Unbewußten«, sondern als verschlüsseltes Gebilde, dessen unbewußter Gedanke durch Deutungsarbeit mühsam ergänzt werden muß. Es gibt kein Theater des Unbewußten, nicht einmal im Traum, geschweige denn auf der Bühne. Auch im *Publikum* kann man allenfalls aus den Brüchen im sichtbaren Schauplatz auf einen verborgenen schließen. Man kann freilich von ihm reden; dies ist denn auch die Schwäche von Lorcas Drama: Es besteht zu großen Teilen aus Berichten und Gedanken *über* eine Theaterphantasie. *Das Publikum* scheitert an der Aufgabe, sichtbar zu machen. Wie zur Entschädigung endet es mit einem Verschwindekunststück: »Wegzaubern ist leicht. Schwer ist es, etwas herbeizuzaubern.«

Zwar versucht Lorca zeitweise, aus Shakespeares Schatten in den Freuds oder Calderóns zu fliehen, vor allem jedoch arbeitet er daran, sich seine eigene Position aus den Dramen des Engländers herauszulesen. Die meisten Veränderungen, die er an Shakespeare vornimmt, wirken wie Spiegelungen oder Umkehrungen. Das gilt für die Art, wie er den Handlungsaufbau der Dramen umstülpt, es gilt aber auch für seinen Versuch, Shakespeares Metaphern wörtlich zu nehmen. Was er hier ins Werk setzt, gleicht der rivalisierenden Verkehrung ins Gegenteil, die die Beziehungen vieler Figuren in seinem *Publikum* beherrscht und im zweiten Bild (»Römische Ruine«) zwischen »Weinlaub« und »Schellen« in reinster, mechanischer Form durchgespielt wird.

Man kann versuchen, auch das, was Lorcas Stück nicht ist, von Shakespeare her zu begreifen. Die wesentliche dramatische Schwäche des *Publikums* ist der Einklang seiner verschiedenen Stimmen, der mitunter zur Monotonie wird. Im Grunde sprechen alle Figuren in der gleichen lyrischen Stimmlage. Sie versehen ihren Dienst in dem allegorischen Tableau, in das sie der Autor gestellt hat, ohne einen Anspruch auf Individualität laut werden zu lassen. So gibt es auch keine Entsprechung zu der entfesselten Komik, die die Nebenhandlung von Shakespeares *Traum* (Zettel und die Seinen) über die Haupthandlung hereinbrechen ließ. *Das Publikum* kommt ohne Stilvielfalt aus, es ist durchgehend gehalten in jener schnellen Oszillation von Tragik und Farce, die den immergleichen dissonanten Mittelton erzeugt – für Komik ist darin kein Raum. Ebensowenig wie Shakespeares Stimmvielfalt kennt Lorcas Stück dessen »amoralische« Aufnahmefähigkeit für eine Welt gegensätzlicher Ideologien. Es wäre wohl nicht ungerecht, *Das Publikum* als eine Art sexualpolitisches Tendenzstück zu bezeichnen. Als solches hat es eine »Sache« durchzufechten: den dramatischen Nachweis, daß die geschlechtliche Identität stets wandelbar, vor allem aber dem Zufall unterworfen ist. Unvermeidlich folgt daraus die Polarisierung der Spieler auf nur zwei Standpunkte: Leugner und Bekenner, Verfolger und Verfolgte.

Lorcas Drama, das doch den Anspruch hat, seelisches Geschehen unmittelbar auf die Bühne zu heben, verweigert seinen Figuren die Darstellung von Innerlichkeit. Zeichen dieser Verweigerung ist das Fehlen des Monologs (im Sinne der einsamen, nur an sich selbst gerichteten Rede). Die einzige Ausnahme bildet Julias schlafwandlerischer Singsang in der Mitte des dritten Bildes, der sich jedoch sofort selbst aufhebt und zum Lied wird. Lorcas Figuren sind Puppen, die in verzweifelter Gestikulation aufeinander bezogen sind. Sie haben die Macht, einander spielen und tanzen zu lassen – »ich werde dich auf die Bühne bringen, ob du willst oder nicht ...« –, ihnen fehlt jedoch die Macht, einander Identität zu verleihen. Am Ende sieht es aus wie eine Umgehungsbewegung: Indem Lorca seine Figuren auf Individuation verzichten läßt, entzieht er sich dem Einfluß von Shakespeares Charakteren mit ihren Exzessen der Selbstbefragung und Selbstdarstellung, deren Überbietung ihm unmöglich schien.

Im Sinne seines persönlichen Ringens mit Shakespeare war dies die richtige Entscheidung. Nur sollte man sie nicht einfach als freie Entscheidung zum avantgardistischen Theater darstellen, sondern auch sehen, welches Opfer der Autor brachte. Ebensowenig sollte man vergessen, daß Lorca *El Público* in der Schublade hatte, als er *Yerma* und *Bernarda Albas Haus* schrieb. Und es ist anzunehmen, daß er sie schreiben konnte, weil er *El Público* zu Papier gebracht hatte.

Martin v. Koppenfels

Zeittafel

1898	geboren am 5. Juni in Fuente Vaqueros
1905	Almería. Besuch des Colegio der Piaristenväter
1917	Granada, Studium
1918	*Impresiones y paisajes.* Madrid. Studium
1919	Läßt sich in Madrid nieder. *El maleficio de la mariposa*
1921	*Libro de poemas*
1922	Die *Primeras canciones* entstehen
1925	*Mariana Pineda* (deutsch: *Mariana Pineda*)
1927	*Canciones*
1928	*Romancero gitano*
1929/30	USA. Studien an der Columbia Universität in New York. *La zapatera prodigiosa* (deutsch: *Die wundersame Schustersfrau*)
1931	*Poema del cante jondo* (deutsch: *Dichtung vom tiefinnern Sang*); *El Amor de don Perlimplín con Belisa en su jardin* (deutsch: *In seinem Garten liebt Don Perlimplín Belisa*); *Así que pasen cinco años* (deutsch: *Sobald fünf Jahre vergehen*) Gründung der Theatertruppe »La Barraca« mit Eduardo Ugarte
1933/34	Argentinien. *Bodas de Sangre* (deutsch: *Bluthochzeit*); *Yerma* (deutsch: *Yerma*)
1935	*Doña Rosita la soltera o el lenguaje de las flores* (deutsch: *Doña Rosita bleibt ledig oder Die Sprache der Blumen*)
1936	*La casa de Bernarda Alba* (deutsch: *Bernada Albas Haus*) »Llanto por Ignacio Sánchez Mejías«, »Klage um Ignacio Sánchez Mejías« (deutsch in: *Gedichte*) Am 19. August von Falangisten erschossen